講談社文庫

# Cocoon

## 修羅の目覚め

夏原エヰジ

JN054943

講談社

# 黒　羽　屋

〈瑠璃〉
主人公。唯一無二の美貌を誇る花魁。
実は鬼退治の組織の頭領。

〈津笠〉
瑠璃の朋輩。黒羽屋の三番人気。

〈お喜久〉
お内儀。どこかから、鬼退治の依頼を受けてくる。

〈錠吉〉

眉目秀麗な若い衆。瑠璃の髪結いを担当。鬼退治の際は錫杖で戦う。

〈権三〉

料理番の大男。料亭で板前をしていた。金剛杵を操る。

〈豊二郎〉

双子の兄。弟とともに若い衆見習いとして働いている。栄二郎と結界を作る。

〈栄二郎〉

双子の弟。兄より楽天家。豊二郎と結界を作る。

# 妖たち

〈白〉
尾が二本に裂けた猫又。
変化が得意。

〈長助〉
大きな頭に
ほっかむりをした
袖引き小僧。

〈油坊〉
山伏姿の男。
怪火を操る油すまし。
趣味は酒造り。

〈お恋〉
狸の姿をした、
信楽焼の付喪神。

〈露葉〉
こざっぱりとした美女。
山姥。若作り。

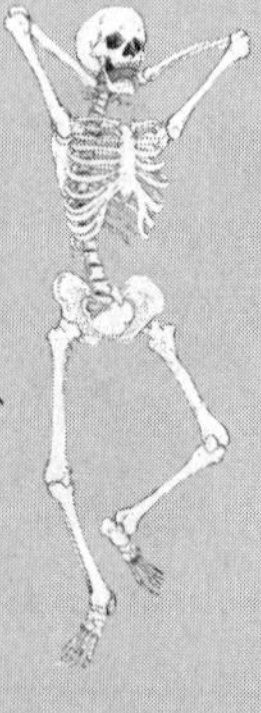

〈がしゃ〉
髑髏。瑠璃に
よ〜殴られている。

〈炎〉
さび柄の猫で人語を話す。
その正体は、
実は……。

キャラクターイラスト：皐月にく

# COCOON

## 修羅の目覚め

Awakening of the Shura

# 序

キィン、キィンと拍子木《ひょうしぎ》の音が、冬の冷えた空気に響き渡る。

真夜中の引け四ツ、もう大門《おおもん》が閉まる時刻だというのに、辺り一帯の灯《あか》りは不夜城たる吉原《よしわら》を妖《あや》しく、赤黒く染めあげていた。

この日は稲荷《いなり》神社の例祭であり、商売繁盛を願う妓楼《ぎろう》や茶屋にとっては大切な紋日《もんび》だ。見世《みせ》の軒下には抱えの遊女《ゆうじょ》の名を記した大提灯が吊るされて煌々《こうこう》とした灯りを放ち、油揚げが供えられている。連れ立って九郎助《くろすけ》稲荷に詣《もう》でていたのだろうか、客の手を取る妓《おんな》たちの艶《つや》っぽい声がする。そこかしこの見世から、いまだ終わらない宴に興じる笑い声や、三味線《しゃみせん》のさんざめきが聞こえていた。

喧噪《けんそう》に包まれた赤い夜を、妓楼の二階から一人の女が見つめていた。部屋の中では客と見られる男が窓に背を向け、ぬる燗《かん》を手酌であおっている。

「ねえ、やっぱりわっちらも行けばようござんしたな、九郎助さん参り」

白い吐息を漏らしながら、女は男に話しかけた。

京町《きょうまち》二丁目の隅にある九郎助稲荷には、商売繁盛だけでなく恋が成就するとの言い伝えもある。小さい社《やしろ》ながら、廓《くるわ》の妓たちにとっては大切な存在だった。

「初午《はつうま》の祝いなら自分の店で嫌ってくらい丁重にやらされたんだ、わざわざ吉原《なか》に来てまでもう一回やりたかないってんだよ」

男は女に背を向けたままぶっきらぼうに答えた。外の賑やかさが鬱陶《うっとう》しいとでも言いたげに、猪口《ちょこ》をぐっと傾ける。

女は華やかな外の様子から目を離し、男の方を振り返った。男は変わらず黙って酒を手酌している。

「お前さま、そろそろ終わりにしなんし。今夜はちと、飲みすぎでござんすよ」

男の隣に膝を進めて、猪口を持つ手を、冷えた手でそっと包んだ。

突然、黙ってろっ、と怒鳴り、男は女を突き飛ばした。猪口に注がれた酒が、弾みで部屋の畳に飛び散る。女は小さな悲鳴を上げて畳の上に横倒しになった。

男は倒れた女を見て手を伸ばしかける。だが、すぐに元の不機嫌な顔に戻り、舌打ちをして酒を注ぎなおした。

「そういやあ、今日来る途中でお前んとこの花魁《おいらん》の道中《どうちゅう》を見たぜ」

女には目もくれず、抑揚《よくよう》の欠けた声で話す。

女は黙って体を起こし、ほつれた髪をゆっくりと整えた。

「ありゃあ、いい女だよ。なんとも言えない艶と色気がある」

男は見事な道中の様子を一人、ぼうっと思い出している。心はここでないどこかにあるかのようだった。

外には季節外れの淡い雪が降り始めていた。無数の提灯や行灯《あんどん》に照らされて薄赤く、ふわふわと宙を舞っている。

「大見世《おおみせ》の花魁ともなれば、落籍《ひか》すのに千両いるといいんすよ」

女は突き飛ばされたことなどなかったように、つとめて明るく冗談めかした。

「千両ねえ……」

男はさらに遠い目をした。女はその表情を見て、些《いささ》かほっとした面持ちになる。

第十代将軍、徳川家治《とくがわいえはる》の治世《ちせい》。吉原は江戸唯一の幕府公認遊廓《ゆうかく》として、確固たる存在感と華を誇っていた。三千もの遊女が毎夜客を引き、大小様々な見世が五丁町《ごちょうまち》に立ち並ぶこの地では、大見世といわれる最高級の妓楼はたった三軒しかない。

見世の一番人気は花魁と呼ばれ、類稀《たぐいまれ》なる美貌と多方面にわたる見識、意気と張りを武器に、江戸中の男を虜《とりこ》にしていた。花魁とたった一夜をともにするために、諸々の費用《かかり》をあわせて五十両もの大金が飛んでいくことは、ざらにある話だ。まさにお大尽《だいじん》しか客に取らない、高嶺《たかね》の花である。まして見世から落籍す、つまり身請《みう》けするともなれば、千両という目も眩《くら》むような金額が必要といわれているのだ。

「まあ、何とかならなくもない額だな」

女はほっとしたのも束の間、驚きの目を男に向けた。部屋につけられた丸行灯の灯りが、ちろりと揺れる。

男は女に一瞥《いちべつ》もくれずに、考えこむような顔をしてにやりと笑った。

「俺の仕事がこのまま波に乗れば、いずれ千両くらい都合できるようになるだろう。そしたら江戸一と謳《うた》われる女を落籍すのだって、まったくの夢物語ってわけでもないさ。あんな最上玉を自分だけのものにするってのは、さぞいい気分だろう。ははっ、そうなったらもう吉原に来る必要もなくなっちまうなあ」

ひとしきり愉快そうに笑ってから、何だか冷えちまったぜ、と部屋に敷かれた布団にもぞもぞ潜りこむ。酒がだいぶまわっていたのか、すぐに寝息が聞こえてきた。

女はしばしの間ぼんやりとしていた。目は虚ろになり、どこともない一点を身じろぎもせず見つめている。ふいに、涙がつつっと頬を伝った。

「……っ」

高鼾《たかいびき》をかいて寝ている男に聞こえぬよう、声を殺して、涙を流す。女は襟元を掻《か》きあわせ、ぎゅっと握りしめた。胸が締めつけられる。涙は止めようと思えば思うほどに流れてきた。

その時、女の額に激痛が走った。

唐突な痛みに、女は思わず額を押さえた。額の中心がどくどくと疼《うず》く。間もなくして体中が熱くなっていった。血が全身を、猛烈な勢いで巡っている。女の意思とは異なる何かが、体の中を這いずりまわるような感覚がする。涙はもう止まっていた。女は目を強く閉じて冷静になろうと念じるが、体の異変に混乱するばかりだ。呼吸が次第に荒くなっていき、痛みを増し続ける額を押さえてうずくまった。

「うるせえなあ」

女は目を見開いた。

見ると、布団の中で男は背を向けていた。掛布団が男の寝息にあわせて安らかに上下している。ただの寝言だったようだ。

女は気が抜けたようにその背を見つめた。全身にびっしょりと汗をかいてはいたが、額の痛みも、体の違和感もいつしか消えていた。涙が新たに一筋、冷たくなった頬を伝う。

淡雪が、吉原の地面をまだらに濡らしていく。
女の瞳と涙は揺らめく灯りに照らされて、血の色を帯びているかのようだった。

# 一

　夜見世の始まりを告げる、三味線の清掻《すががき》が鳴り響く。夜の娯楽へ誘《いざな》う音色が、春の空気を揺らしていた。

　唯一の出入り口である大門から江戸中の男がひっきりなしに入ってきては、贔屓《ひいき》にしている引手茶屋《ひきてぢやや》に顔を出したり、妓楼の格子《こうし》越しに遊女たちの張見世《はりみせ》を素見《ひやか》したりしている。あからさまに金のなさそうな者はさておき、少しでも気のありそうな姿を見るや、すぐに客引きである妓夫《ぎゆう》が声をかけに行く。

　吉原の手引書「吉原細見《よしわらさいけん》」を手に、仲間同士でいそいそと今夜の首尾《しゆび》を練る者。武家の者か生臭坊主か、編み笠を目深に被って道を急ぐ者。まるで花の香に引き寄せられる鳥のように、男たちは次々と大門の中へ吸いこまれていく。

「ここはいつ来ても景気がいいモンだ。江戸の外では大変だと聞くが、それを少しも感じさせない」

「北のほうじゃあ、飢え死にが後を絶たないってのにな。しかも最近、津軽《つがる》で噴火が起きたそうじゃないか」

時は天明《てんめい》。各地で冷害や洪水が頻発《ひんぱつ》し、深刻な大凶作が起こっていた頃である。作物が実らず、農村は死肉を食らわねば生きられないほどの困窮《こんきゅう》を極めた。

さらに津軽の岩木山《いわきさん》では噴火が発生。日の光は遮られ、灰が大地に降り注いだ。人々は山の神の怒りと恐怖し、さらなる混乱に陥《おちい》っていた。

「大勢が死んでるってのに、幕府はいまだ大した動きを見せないらしいぜ。帝がそれを憂《うれ》えているとか」

「そりゃ噂だろ。憂えてもらえるのはありがてえ話だが、いくら天子さまでも、将軍さまにゃ盾突《たてつ》けねえからな」

この時、飢饉《ききん》の対策を講じない幕府に対し、朝廷がなにかしらの要請をするのでは、という噂が、京から江戸に伝わってきていた。

しかし、朝廷に偉大な権力があったのは過去の話。政《まつりごと》の主権が幕府に移ってからは、朝廷が幕府に指示を出すことは禁じられていた。その上、時の現人神《あらひとがみ》、兼仁《ともひと》天皇はまだ十三歳である。

現実味のない噂話は、幕府の緩慢な動きを不満に思う、民の心情から生まれたのかもしれなかった。

「ああ、ほら見ろよ。桜吹雪だ」

「この美しさ……俺たちは、あの世にでも来ちまったのか」

「いいや、浮世《うきよ》だとも。吉原は〝浮世の極楽〟さ」

時節は弥生《やよい》。大門から吉原をまっすぐに貫く仲之町《なかのちょう》には満開の桜の木々が植えられ、雪洞《ぼんぼり》の灯りで妖艶《ようえん》に照らされていた。軒《のき》を連ねる引手茶屋の内からは、早くも酒宴の灯りが漏れている。

通りに沿って配置された誰哉《たそや》行灯に、突き当たりに見える秋葉《あきば》権現《ごんげん》ゆかりの常夜灯。江戸の町々が灯りを弱めるのとは反対に、夜こそが吉原の輝く時である。すっかり日が落ちた暮れ六ツ、夜闇に浮かび上がる吉原の赤は、男たちの胸をざわざわと騒がせていた。

大門から仲之町を少し進んで右に曲がると、「江戸町《えどちょう》一丁目」と書かれた木戸がある。夜見世に五丁町が賑わう中、江戸町一丁目にある大見世「黒羽屋《くろばや》」の入り口には、特に目を引く人だかりができていた。見世の若い衆が声を張り上げ、群衆を牽制《けんせい》している。

黒羽屋は間口が十三間、奥行き二十二間と、大見世の名にふさわしい立派な造りをしていた。店先には蒸籠《せいろう》を積み重ねた上に白木の台が載り、馴染みの客から遊女に宛てて贈られた三ツ布団や縮緬《ちりめん》、緞子《どんす》などの高価な品がずらりと並んでいる。

抱えの遊女たちが張見世をする部屋には、通りに面して上から下までを細かい格子で覆う惣籬《そうまがき》が施されていた。この惣籬は、見世が最高級妓楼であることを示す。格子の内では遊女たちが豪奢《ごうしゃ》に着飾って毛氈《もうせん》の上に座り、互いにお喋りをしたり、馴染みの旦那に宛てた文をしたためていたり、思い思いの時間を過ごしている。そこには若さと美しさが眩しいほどにあふれていた。店先に集まっていた者の何人かは、この格子内のきらびやかな様子にうっとりしている。妓たちは時々視線を感じてそちらを見やるが、にこ、と意味深に微笑むだけで、また自分たちの世界に戻ってしまう。対する男たちは心の中で身悶《みもだ》えするばかりだ。

黒羽屋の前の人だかり、入り口近くに陣取っていた者たちが突如、おお、とどよめき声を上げた。暖簾《のれん》をくぐって、見世の定紋《じょうもん》入りの箱提灯を持った若い衆が現れたのだ。その後ろに前髪を切りそろえた、年の頃は七歳ほどの禿《かむろ》が二名。そろいの熨斗《のし》模様の衣裳《いしょう》を着て、広袖に大角豆《ささげ》と呼ばれる五色の紐飾りをつけている。

群衆は、誰がそうしろと言うでもなく道の真ん中をさっと空けた。視線は暖簾の向こう、一点のみに集中している。

禿たちの後ろから、背の高い、端正な顔つきをした若い衆が一人。そして、その若い衆の肩に白く華奢《きゃしゃ》な右手を置き、黒塗りの高下駄を鳴らしながら、一人の遊女が現れた。

花車に松竹梅、牡丹《ぼたん》、杜若《かきつばた》、八橋《やつはし》、柴垣《しばがき》、霊芝雲《れいしぐも》を配した御所解文様《ごしょどきもんよう》の仕掛《しかけ》に、流水に花筏《はないかだ》と尾長鳥の前帯。襟はぐっと後ろへ出したぬき衣紋《えもん》で、ほっそりとしたうなじが白く輝いている。仕掛の裾《すそ》は厚いふきかえしになっており、足首には赤い長襦袢《ながじゅばん》がたおやかに揺れているのが見えた。黒々とした艶髪は羽を広げた蝶のような横兵庫《よこひょうご》に結われ、笄《こうがい》に鼈甲《べっこう》の櫛《くし》が二枚、金色の前差しが四本、赤瑪瑙《あかめのう》の玉簪《たまかんざし》が二本、松葉《まつば》簪が二本。後ろには大きな金糸の飾り結びが施されていた。

その肌は真珠のように白くきめ細やかで、通り沿いの誰哉行灯に照らされた頬は、ほんのり赤く見える。小さな顔には利発そうに整った眉に鼻筋が通り、形のよい口には紅《べに》が控えめに艶めいている。長い睫毛《まつげ》に、凜《りん》として哀愁を帯びたような涼やかな瞳。目尻にも少しだけ赤が差してあった。

先ほどの喧噪はどこへやら、男たちはこの世のものとは思われぬ美しさに気圧《けお》され、ただ呆然と遊女に目を奪われて立ち尽くした。

「天女《てんにょ》……」

誰かがつぶやく声がした。

遊女は憂いをたたえたような目を数歩先に落としたまま、左手を懐に入れ、張肘《はりひじ》をする。絢爛《けんらん》豪華な衣裳の上からもわかる柳腰《やなぎごし》を少し落として、半円を描くように右脚を滑らせた。八寸もある高下駄の三枚歯がカラコロと鳴る。大きく開けた裾から白い脚が緋縮緬《ひぢりめん》の蹴出《けだ》しを割ってちらと見え、すぐそばにいた男たちはぐっと生唾をのんだ。前方まで右脚を滑らせ、腰を上げて手前に引き寄せる。再び腰を落とし、今度は左脚で半円を描く。

背後には巨大な長柄傘を遊女に差しかける若い衆が控え、その後ろに引手茶屋のお内儀《かみ》、黒羽屋の遣手《やりて》、宴を盛り上げる幇間《たいこもち》や芸者衆が続いた。

息をひそめるようにして道の端で見つめる観衆の視線を浴びながら、一行は遊女のゆったりとした外八文字《そとはちもんじ》の歩みにあわせ、一歩、また一歩と通りを進んでいく。

「よっ、瑠璃《るり》花魁、日本一」

観衆の中から一つ、威勢のよい掛け声が響いた。

瑠璃は小さな顔をわずかに傾け、声のした方につっと視線を向ける。

匂い立つような色香に当てられて、声をかけた男はその場で固まってしまった。まわりの者たちも一斉に息を呑み、呼吸を忘れてしまったかのごとく棒立ちになる。

瑠璃はその様子を見て、ゆっくりと口元に微笑を浮かべ、満足したように前方へと視線を戻した。

瞬間、わあっと大きな歓声が上がった。瑠璃花魁こっちも、見たか、あれが噂の流し目だ、とあちらこちらで騒ぐ声がする。流し目を向けられた場所では、花魁は俺を見た、馬鹿を言うんじゃねえ俺だ、と小競《ぜ》り合いが始まっていた。

清掻と高下駄の音が鳴り響く中、道の両側にひしめきあう群衆の、熱い羨望の眼差しを受けながら、花魁道中は桜の花びらが舞う仲之町へとやってきた。

仲之町を通りがかった者、引手茶屋の二階、あちらこちらから感嘆の声がさらに上がり、桜が降る大通りを道中はゆっくり、ゆっくりと進む。

舞い散る桜を黒塗りの長柄傘に受け止められながら、瑠璃は落とし気味にしていた涼やかな視線を、前に向けた。

「ます屋」の掛提灯がともる引手茶屋の前で、一人の男が床几《しょうぎ》に腰かけていた。年の頃は四十代、目尻には細かな皺《しわ》が刻まれているが、風格のある柔和な雰囲気をまとっている。

男は瑠璃と目があうと、床几から立ち上がり、道中一行に歩み寄った。

「やあ花魁、よく来てくれたね。こんなに美しい道中を自分が呼んだのかと思うと、何だか恐れ多くなってしまうよ」

男は目を細めて優しく笑った。

「藤十郎《とうじゅうろう》さま」

瑠璃が答える。低めで霞《かすみ》がかっているが、胸に直に響くような、心地よい重みがある声だ。

「ご存知のとおり、吉原《さと》の桜は満開の時に植えられて、あと十日もすれば見頃が終わったからと引き抜かれてしまいんす。粋《いき》を大切にするためとはいえ、人は勝手でござんすな」

残りわずかの運命を儚《はかな》むように、桜の木々を見上げる。花びらは緩やかな風に流され、空を舞い、地に落ちていく。

やがて瑠璃は、静かに首を振った。

「わっちはこの桜を見るたび、春なのに秋のような、物悲しい気分になりいすよ。どうかこの桜が大門の外に出ていってしまっても、主《ぬし》さまはわっちに会いに来てくださんし」

藤十郎は少し驚いたように目を瞠《みは》った。

「こりゃあ参ったな。この分では桜の後に植える菖蒲《しょうぶ》の時も、見事な道中を見なくてはいけなくなった。おちおち気が引けるなどと言ってはおれんなあ」

そう言って大らかに笑う藤十郎を見て、瑠璃もしっとりとした微笑みを返した。

道中の後方にいた引手茶屋のお内儀が前に出てくる。

「さあさあ、唐松屋《からまつや》さま、瑠璃花魁、花見酒の支度ができていますよ。二階の一番いいお座敷をお取りしてあります。どうぞお上がりくださいまし」

まわりの熱視線に囲まれながら、藤十郎と瑠璃は互いに手を取りあって、茶屋の中へと姿を消した。

二

高くのぼった日の光が、障子《しょうじ》の内へと差しこんでくる。

黒羽屋には他の妓楼と同じく、吉原名物の甘露梅《かんろばい》を作る甘い香りが立ちこめていた。昼見世の準備に追われる妓たちや若い衆、出入りの行商《ぎょうしょう》の声で、見世の中はすでに活気づき始めている。

二階の廊下をどすどすと歩く音がして、間もなく部屋の襖《ふすま》が豪快に開けられた。

「瑠璃っ、いつまで寝てんだい。朝四ツはとうに過ぎてんだよ。さっさと起きなっ」

遣手のお勢《せ》以《い》が、三ツ布団の上でくるまっている瑠璃に向かって大声を張った。掛布団の中からううーんと低いうなり声が聞こえてくる。

「皆もう朝飯を終えたってのに、あんただけだよ、まだなのは」

起きろ寝坊助《ねぼすけ》花魁め、とお勢以は掛布団をひっぺがす。瑠璃は布団の端をつかんで抵抗したが、夢うつつの状態では恰幅《かっぷく》のよい遣手にかなわず、布団はあえなく奪われてしまった。

「何だよう、いいじゃないかあ。昨日は柳久《やなひさ》の旦那がゆっくり休むといいよ、って早く帰ってくれたから、夜のうちに内湯《うちゆ》にも入ったんだしさあ」

瑠璃は駄々っ子のように奪われた布団へ手を伸ばした。

吉原では昼と夜とに営業がわかれている。大抵の遊女は昼見世の前に湯屋へ出かけるが、大見世である黒羽屋には内湯が設けられており、湯屋に行くのが面倒な時にはこれを使うことができる。

お勢以は瑠璃の手の届かない位置まで掛布団を放り投げた。

「四《し》の五《ご》の言ってないで起きなっ。まったくあんたって奴は、馴染みに贈る甘露梅作りの手伝いもしないで。そのくせ正月になりゃ、わっちが心をこめて主《ぬし》さまのために作りいした、とか言ってぬけぬけと他の妓《こ》が作ってくれたのを渡すんだから」

嫌味たっぷりに口真似をしてくる遣手に、瑠璃は起き抜けでぼうっとしながら、うるさいなあ、とぼやいた。

吉原の遊女の中でも最高級の格付けをされている瑠璃は、十二畳もの広々とした床の間つき座敷に、布団を敷く八畳間、その奥に納戸代わりの六畳間、と三間続きの部屋を与えられている。

蓮華《れんげ》文様の螺鈿《らでん》の煙草盆《たばこぼん》に、枝椿に松喰い鶴の蒔絵《まきえ》が施された硯箱《すずりばこ》、遊女の仕事道具を入れる堆朱《ついしゅ》の菓子箱、羅紗《らしゃ》の表に緋縮緬を裏にした三ツ布団、それを囲うように着物をかける衣桁《いこう》と雀型の屏風《びょうぶ》、燭台《しょくだい》、文机《ふづくえ》、鏡台《きょうだい》、床の間には祥瑞《しょんずい》の花瓶が飾られ、芍薬《しゃくやく》が生けられている。

衣裳をしまう、漆塗りの桐《きり》に飾り金具を打った越前簞笥《えちぜんだんす》が、異様な重厚感と存在感を放っているが、調度品はどれも見るからに高価で見事な意匠を施されたものばかりだ。長襦袢がはだけたまま寝ぼけている部屋の主の様子とは、まるで対照的である。

「もう朝飯の片づけしてるんだからね。ほら、持ってきてやったよ」

お勢以は早口に言って、蝶脚膳《ちょうあしぜん》に乗った朝餉《あさげ》をどん、と畳の上に置いた。

「わあ、アサリの味噌汁っ」

膳を見るや、瑠璃は寝ぼけ眼《まなこ》を輝かせた。寝相が悪いせいで美しく結われていた髪はぼさぼさになり、四方から先端があらぬ方向に飛び出している。

「早いとこ食っちまいな。そろそろ錠吉《じょうきち》が来る時間だろ。そのぐちゃぐちゃの頭、何とかしてもらいなっ」

お勢以は瑠璃が二度寝を決めこまないよう、仁王立ちで見張っている。

瑠璃は乱れた格好のまま朝餉を口にした。

「はああ。やっぱ権《ごん》さんの作るアサリの味噌汁は、しみるねえ」

目を閉じてうっとりと言うと、今度は焼き魚と白飯を口いっぱいに頬張った。

それを見てお勢以は目を光らせた。

「あんた、間違ってもお客の前でそんな食べ方すんじゃないよ。旦那らは皆、あんたのしとやかで上品な姿を求めてんだからね」

「言われなくてもしないっての。でもしとやかにしすぎて夜はあんま食べられないんだけどさ、手水《ちょうず》に、とか適当に言って、そのうちにこっそり丼でもかっこめるようにできんせんか？」

お勢以の目がカッと見開かれた。

「馬鹿お言いでないっ。いきなり花魁の腹がぽっこり出てたら、格好がつかないだろうが。それに床入《とこい》りで吐いたりなんかしたら折檻《せっかん》ものだって、わかった上で言ってんだろうねっ」

今日一番のお勢以の雷が落ちて、部屋の外では、あらら、また花魁てばお勢以どんの逆鱗《げきりん》に触れちゃったのかねえ、ほんと毎日よくやるよ、などと見世の者たちが呆れ顔をしている。

　膨れっ面で朝餉をかきこむ瑠璃にため息をつきつつ、お勢以はもう一つ持ってきていた小さな膳を、布団部屋の端に置いた。

「ほら、炎《えん》の分の朝飯も持ってきてやったからね」

　瑠璃に向けられるものとは打って変わって、優しげな声である。

　豪華な三ツ布団の上、枕元に丸まっていた赤と黒色がまじった物体が、にゃあ、と声を上げた。朝餉の匂いを嗅ぎつけると、四つ足をついて布団の上で大きく伸びをした。同時に顎《あご》が外れんばかりの欠伸《あくび》を一つする。

「猫はいいよねえ、猫は。昼見世の支度なんかしなくていいし、好きなだけ寝てられるんだからさ」

　瑠璃は口をもごもごさせながら、恨めしげにさび柄の猫へ視線をやった。

　炎と呼ばれたその猫は、鳴きながら鰹節《かつおぶし》とちりめんじゃこが載った猫まんまに歩み寄る。

「猫は寝るのが仕事なんだからいいんだよ。ねっ、炎ちゃん？」

　お勢以は腰を屈《かが》め、炎の食事を目を細めて見つめた。炎は注がれる視線を気にもせず、うまそうに朝餉にかぶりついている。

「おいちいでしゅか？　そうかいそうかい」

お勢以は大の猫好きらしく、瑠璃よりも遥かに生活態度がだらしない炎にもめっぽう甘い。

赤子に向けるような言葉遣いをする四十超えの丸い背中を見て、瑠璃はうげぇと声を漏らす。少しばかり食欲が失《う》せる思いがした。

ひとしきり炎の食事を愛おしげに眺めてから、お勢以は瑠璃の蝶脚膳を持ち、さっさと顔を洗っちまいなよっ、と睨《にら》みをきかせて部屋を後にした。

「だりいなあ」

頭をがしがし掻きながら、瑠璃は廊下に出た。

二階建ての見世の中心は吹き抜けになっており、季節の趣向を凝らした池つきの中庭が広がっている。豪華な中庭をぐるりと囲むように、遊女の部屋や座敷が並んでいた。

階段を下りて一階の水道場へ向かい、適当に顔を濡らす。肩にかけた手ぬぐいで水気をごしごし拭いていると、見世の若い衆や幼い禿、新造《しんぞう》たちが、花魁おはようございます、今日も相変わらずの乱れ頭でござんすなあ、と次々に声をかけてくる。瑠璃は、ああ、おはようさん、と気の抜けた挨拶《あいさつ》を返しながら、のろのろと自室に戻った。

盆に張った水で房楊枝《ふさようじ》を濡らし、まだ薄ぼんやりする頭で歯を磨いていると、廊下から自分を呼ぶ声が聞こえた。

「錠吉です。入ってもよろしいですか」

「ああ、錠さんかえ。お入んなんし」

房楊枝をくわえたまま答えると、若い男が髪結いの道具を手に入ってきた。

錠吉と名乗った男は、道中で瑠璃に肩を貸していた若い衆である。細身で背が高く、顔立ちは眉目秀麗《びもくしゅうれい》、さながら二枚目役者のようだ。切れ長の目が瑠璃のぼさぼさ頭を一瞬見たが、特に気にした風でもなく、鏡台の横に腰を下ろすと髪結いの道具を畳の上に並べていく。

瑠璃も口をすすぎ、鏡台の前にちょこんと座りこんだ。

「今日はいかように」

錠吉は慣れた手つきで、瑠璃の爆発頭を櫛でといていく。櫛を通すたびに黒髪は艶を帯び、本来の美しさを取り戻していくようだ。

「そうだねえ。今日は天神《てんじん》でお願いしようか」

瑠璃は髪を錠吉に任せ、顔と首筋に白粉《おしろい》を塗り始めた。素の状態でも美しい真珠肌だが、楼主《ろうしゅ》の幸兵衛《こうべえ》から、旦那らは妓の白粉の香りにくらくらするんだよ、つまりは暗に化粧をしなさい、と言い含められていた。

「今夜のお客は仁蔵《にぞう》の若旦那だからね。あの人は華やかな天神が好みなんだ」

仁蔵は深川木場にある材木問屋の若旦那である。金離れがとてもよく、見世の若い衆や遣手、幇間や芸者衆、料理人にも祝儀をぽんぽん弾む。もちろん、敵娼《あいかた》である瑠璃への祝儀、床花《とこばな》もいつも大盤振る舞いだ。

「花魁、今日の夜見世はお休みになりました」

錠吉は艶やかな黒髪を水油で整えながら、出し抜けに言った。

「えぇっ」

白粉を塗る手を止め、瑠璃は眉間に皺を寄せて錠吉を振り返った。片や錠吉は、動かないでください、と表情も変えず、瑠璃の頭を鏡に向けてぐきっとまわす。

「痛いっ。仁蔵の若旦那、いい香木《こうぼく》が入ったからわっちに渡したいって、随分前から息巻いてたんだよ？　ほら、このところ他の旦那の登楼が続いてたからさ。今日会えるのを楽しみにしてるって、文越《ふみ》しにも熱気が伝わってくるくらいだったのに」

仁蔵は金に物を言わせて江戸中の岡場所や廓を渡り歩いていた遊び者であったが、黒羽屋で一目惚れしてからは、全身全霊で瑠璃に入れこんでいた。ただ、一晩に一人しか相手をしない高級遊女の瑠璃に会うには、相当の忍耐と羽振りのよさが必要になってくる。仁蔵は遊び慣れてはいるものの、遥かに手練《てだ》れの旦那たちに負け気味で、瑠璃もつい仁蔵を後まわしにしてしまっていた。

「さすがに可哀相じゃあないか。若旦那、昨日からそわそわして寝れなかったんじゃないかと思うけど」

「今夜はあちらの仕事が入りましたので」

錠吉は髪を結う手を止めることなく、きっぱりと答えた。

瑠璃は鏡越しに錠吉を見た。しかし、すぐに鏡の中の自分に目を戻し、白粉を胸元に塗り始める。顔は不機嫌そのものだった。元から低い声音がさらに低くなる。

「何だい、やけに急じゃあないか。そういうのはもっと早く言ってくんなくちゃ。そりゃあ若旦那はまだ二十二だから、床入りは長いしその後のお喋りも長いしで、疲れる客ではあるけどさ。でも詫びの文を出すのだって手間なんだよ、まったく」

「お内儀さんがそうおっしゃったんですよ。俺も権三《ごんぞう》もさっき言われたことなんで、今夜やるはずだった仕事の引継ぎに大忙しです」

錠吉も少し不満そうなことを口にしたが、整った顔は平静なままだ。

「なあんだ、錠さんらも大変だねえ」

眉間の皺を解いて、はああ、と瑠璃は深いため息をつく。

「じゃあ髪は別に天神じゃなくていいや。立兵庫《たてひょうご》で簪少なめにして。重いのやだし」

「わかりました。今夜の委細《いさい》は、昼見世の後でお内儀さんから」

錠吉はそう言って手早く髪を仕上げていく。

「場所、どこか聞いてるかえ？」

「いえ、詳しくは。吾妻橋《あづまばし》を越えて押上《おしあげ》の方としか」

その答えに瑠璃の顔は明るくなった。

「ここからそんなに遠くないんだね。早く終わったら、露葉《つゆは》たちを呼んで酒が飲めるじゃあないか」

不機嫌な様子から一転、鼻歌まじりになった瑠璃の後ろから、声が一つ聞こえた。

「油坊《あぶらぼう》の酒か？」

声の主は、布団のある部屋から瑠璃たちのいる座敷の方へと近づいてくる。

「炎。お前、まぁた寝てたの」

さび柄の猫、炎は、大きな欠伸をしてから鏡越しに返事をした。

「寝るのが猫の仕事だとお勢以も言っておったであろう。つまり、それが儂《わし》の仕事じゃ」

「きりっとした顔で言うことじゃないよっ。ったく、酒と聞いたら目を覚ますなんて、そりゃ普通の猫じゃないってんだよ」

瑠璃はガミガミ言うものの、猫と会話していること自体には何の疑問も感じていないらしい。錠吉は錠吉で、手を一切止めることなく髪結いの作業を続けている。

「大体、酒も肴《さかな》も誰の金だと思ってんだい。わっちが身銭を切るんだぞ」

「露葉たちへの声かけは儂に任せておくがよい」

きりりとした顔を崩さず話す猫を、瑠璃は訝《いぶか》しげに見つめた。

「お前さあ、わかってるとは思うけど、早く終われば、だからね？　大引けまでに部屋に帰ってこれたら、だよ？」

「わかっておる、わかっておる。お前が戻ってくるまでは我慢しておいてやろう。油坊にもよい酒を持ってくるよう、伝えておくぞ？」

それを聞いて瑠璃の顔は少し緩んだ。

「わかってんならいいのさ。まあ、わっちとて面倒事は早く済ませたいからね」

「花魁、できましたよ」

黙々と手を動かしていた錠吉が静かに言った。

烏《からす》の濡羽《ぬれば》色《いろ》の髪は左右の髷《まげ》が縦に張り出た立兵庫に結い上げられ、黒檀《こくたん》櫛に前差し四本、翡翠《ひすい》の玉簪、蒔絵螺鈿《まきえらでん》の扇形簪が控えめにきらめいている。

「さすがは錠さん、綺麗だねえ。仕事も早いし、もしこの見世がなくなっても、髪結いとして十分食ってけるね」

その美丈夫っぷりでも人気が出るだろうし、と瑠璃は意味ありげに笑った。

通常、遊女は見世が外から呼ぶ遊女専門の髪結い師に、順番に髪を結ってもらう。しかし、瑠璃は錠吉の手先の器用さを気に入り、自分専属の髪結い師にしていた。

錠吉は普段は黒羽屋の若い衆として見世の業務に大忙しなのだが、最上位である花魁には、楼主の幸兵衛ですら甘くならざるをえない。わがままを通した結果、錠吉が瑠璃の部屋で毎朝、髪を結うことに決まっていた。

「早く着替えて、若旦那への断りの文を書いてしまった方がいいですよ」

錠吉はひやかしを無視して、素早く道具をしまいこんだ。

「それでは、後ほど」

そう言って瑠璃の部屋をさっさと出ていった。瑠璃も鏡に向かったまま、あーい、と生返事をする。

「昼見世も仁蔵さまへの文も、めんどくせえなあ」

文には風邪《かぜ》を引いたとでも書くか、ああ、今夜はそれよりもっと面倒くさいし、と瑠璃はまた嘆息する。

「だがその後は、いつものように気を張らずともよい酒宴じゃぞ」

炎は瑠璃の傍らで体をひねり、器用に背中の毛繕いをしている。

瑠璃はその姿を見て笑みをこぼした。

「それもそうさね。よし、酒のためにも全部さっさと終わらせちまおうか」

下唇と目尻に薄く紅を差し、見目麗《みめうるわ》しい花魁が完成した。

三

「何だって今日はこんなに人がいねえんだ」

夜の帳《とばり》が下りた川沿いに、一ヵ所だけぽつねんと灯りがともっていた。「そば」と書かれた提灯を吊るした屋台には、店主が一人と、酒をあおる男が一人。男は浴衣の裾をたくし上げ、黒く引きしまった脚をそよ風にさらしている。

辺りには他に人影もなく、聞こえるのは店主と男の話し声、流れる川の音だけだ。

「いつもならこの時分には人が集まって、屋台だってそれなりに出てるじゃねえか」

男はすでに酒を大量に飲んでいるのだろうか、あまり呂律《ろれつ》がまわっていない口ぶりで店主に問うた。

ここ押上の川沿いは、川のせせらぎや心地よい風を感じられるとあって、町人に人気の場所だ。夕方になると風情ある雰囲気にあずかるため、仕事終わりの者たちが集まってくる。賑やかとまではいかないが、客を見こんでいなり寿司や天婦羅《てんぷら》などの屋台がぽつぽつと店を出し、安く酒を提供していた。

しかし今夜は人も屋台も他になく、いつもなら心安らぐ川のざあざあという音が、いやに大きく聞こえる。

「それがね、旦那。最近ここいらで幽霊が出るってんで、人がめっきり寄りつかなくなっちまったんでさ」

蕎麦《そば》屋の店主は声を落として言った。

「はあ？　ゆうれえ？」

男は赤ら顔で聞き返す。

「なんでも、ほら、そこの橋あるでしょ。あすこに夜になると女の幽霊が出て、通りがかったモンを川に引きずりこむってんですよ」

そう言って屋台から少し離れた場所にある橋を指差した。男が目を凝らすと、木造の古びた橋が川をまたいでいるのが、ぼんやり見えた。

「だから屋台モンもお客も、怖がって寄りつかなくなっちまったんです。あっしもね、他の屋台が出ないってんなら儲《もう》け時かと思ったんですが、ほんとに人っ子一人来やしねえ。旦那が来てくれたからまだいいですけど、正直なとこ、気味が悪くなってきたんで早仕舞しちまいたいんですよねえ」

店主は男にちらと目を向ける。早く勘定をしてほしい、という意思表示のつもりだったが、男は気づかないようだ。

「なぁにが幽霊だよ。そんなの、夜に出歩くなって親が子どもに言い含めたのに、尾ひれがついて大事になったってのが関の山だろ」

大工がそんなモンに怖がるわきゃねえや、と笑いながら徳利《とっくり》を空ける。

「それが、ただの噂じゃないみたいなんですよ。いつもあの橋を通ってたモンが三人、川下で土左衛門《どざえもん》になって揚がったらしくって」

蕎麦屋の店主は言いながら身震いした。

「その姿が本当にひでぇモンだったみたいで。着物はずたずた、目をこう、カッと見開いて、体中に爪でえぐったような傷がいっぺえあったとか……鶴亀、鶴亀」

流れる川の音を聞きながら、噂は本当なのかも、とおびえた表情で縁起なおしのまじないを唱える。

大工の男は、はん、と鼻を鳴らした。

「どうせ酔っぱらった奴が、川に勝手に落ちて溺《おぼ》れただけだろ。流れに揉《も》まれりゃ川底の石で体に傷がつくし、着物も破れる」

「でもでも、土左衛門の中にはどこぞの旗本《はたもと》のご息女もいたらしいんですよ。まあ不良娘で有名で、芝居小屋に行って夜遊びした帰りだったとかいわれてますけど」

「じゃあ、その御姫《おひい》様も酔っぱらってたんだな」

「そうは思えませんよっ」

店主は裏返った声を出し、肩を抱くようにさする。

一方で男は猪口を台の上にガンと置くと、腕まくりをしてふんぞり返った。

「そんならその幽霊、この吉次《きちじ》さまが行って退治してやらあな」

言うとやおら橋に向きなおり、千鳥足《ちどりあし》ながらも大股で歩きだした。

店主は仰天した。慌てて男を追いかけ、腕にしがみつく。

「ちょ、ちょいと、なんでそうなるんだ。旦那、悪いこた言わねえからやめときなって。本当に出るかもしれないんだよっ。幽霊なんて、ど、どうやって退治するってんだい」

店主の膝は笑っている。男を止めている風だがその実、支えてもらっているようにも見える。

「重いな、離せよっ。あれだ、なんでこんなとこにいやがんだとか言って、説教してやんのよ。それでも聞かなきゃ、俺がそいつを川に投げ飛ばしてやらあ」

「相手は幽霊だよっ。そんな説教にもなってないこと、聞くわけないじゃないですか。そ、それに、投げ飛ばすだなんてっ……にゃむあみだぶぶ」

店主は涙目になった。勝手に行かせればよいのだが、まだ酒の勘定は済んでいないし、もし本当に男が新たな土左衛門にでもなった日には夢見が悪すぎる。

「いいから見てろって」

男は大工仕事で鍛えた力を発揮して、腕にぶら下がるような格好の店主を引きずって進んでいく。

橋の袂《たもと》まで来て、男は立ち止まった。赤ら顔で橋の上に目を凝らす。暗闇の中に何かがいるような気配はなかった。虫の声すらなく、ただ川の音だけが、ざあざあと響き渡っている。

「ほれ見ろ、何もいねえだろうが。ただの噂だったんだよ、しょうもねえ」

大口を開けて笑いながら、男は自分の腕にひっついている店主に、どうだと言わんばかりの視線を送る。

店主は言葉を発さず息継ぎもせず、橋の中央辺りを凝視していた。ややあって、大工の男まで揺らす勢いでガタガタと震えだした。

「だ、旦那、あす、あすこ」

震える手で橋の中央を指差す。

「あぁ？」

店主のおびえ具合に内心で呆れながらも、男は橋の中央に目をやった。

そして、凍りついた。

店主の指差す先には、いつの間にか女が一人立っていた。暗闇に溶けこみ、姿は影のようにぼんやりしている。欄干《らんかん》に沿って俯《うつむ》き加減に立ち、顔はよく見えない。

ぽた、ぽた、という音が聞こえて、男は体中の酔いがいっぺんに醒《さ》めていくのを感じた。

よく見ると女の着物は着崩れ、あちこちがぼろぼろに綻《ほころ》んでいた。裾から、乱れた髪から、雫《しずく》が落ちる。女はまるで川の中に浸《つ》かっていたかのようにずぶ濡れだった。

「お、おいおい、嘘だろ」

男は咄嗟《とっさ》に背を向けようとしたが、腕に重みを感じて止まった。店主が男の腕に全体重をかけ、壊れたからくり人形のように震えたまま、女から目を離せずにいた。

「おいこら、離せっ」

「こ、腰が……」

振り払おうとしても、店主はがっちりと男をつかんで離れない。恐怖で顔面をくちゃくちゃにしながら、必死に腕をつかみ直す。混乱状態で二人は揉みあいになった。

「ええい、離しゃあがれっ」

男が渾身《こんしん》の力で店主を地面に組み伏せた時、店主は、ひっ、と声を上げた。目は血走り、自分の上に覆い被さる男の、背中越しを見ている。

男は寒気を感じて振り返った。

さっきまで橋の中央にいたはずの女が、自分のすぐ後ろにいた。近づいてきた音も、気配もなかった。

「わああっ」

引きつった悲鳴を上げて、男は店主の横に仰向けに倒れこんだ。

女は体をわずかに左右に揺らしながら、二人を見下ろして立っている。ぽた、ぽた、と雫が滴《したた》る音と一緒に、すすり泣きのような声が聞こえてきた。

——ナイ、デ……。セテ……。ナイデ……。セテ……。

途切れ途切れに聞こえる苦しげな声は、同じ言葉を繰り返しているようだった。

男は頭が真っ白になる中、さめざめ泣き続ける女の顔を見た。先ほどはまったく見えなかった表情が、闇の中にうっすら浮かび上がって見える。

女の口は耳に向けて三日月の形に痛々しく裂け、笑っていた。眼球があるはずの目は空洞で、中には暗闇が広がっている。乱れた髪を掻きわけて、額には小さく尖った、黒い物体が突き出ていた。

女は訴えるような言葉をぶつぶつと繰り返し、不気味な笑顔を貼りつけたまま、ゆっくりと屈んだ。

穴の空いた女の顔が、徐々に、しかし確実に近づいてくる。男は戦慄《せんりつ》に息を荒くして、それを見ていることしかできなかった。体は根を張ったようにぴくりとも動かない。目をそらすことすらかなわない。

吸いこまれそうながらんどうの闇は、今や男の目と鼻の先にあった。川の音が消え、ささやくような女の声が、今度ははっきりと男の耳に聞こえた。

——コロサセテ。

女の笑みがさらに深まり、男を覆いそうになった、その時。

ざん、と肉を断つ音がしたかと思うと、目の前にあった闇は一気に遠ざかった。

女はのけぞり、叫び声を上げた。聞く者の頭を割るような、ひどく苦痛に満ちた声だった。よろめき、ふらふらと橋の中央まで後ずさっていく。

黒い影が一つ、両者の間に割って入り、女と向きあって立っていた。男たちは突然のことになにが起きたか理解できず、二人して固まったまま、その黒い背中を見つめた。

「あーあー。どの橋かわからんから、やっと見つけたよ。手間ぁかけさせやがって」

現れた影は、黒い着流しに細身の体を包み、長い髪を一つに結んだ浪人《ろうにん》風の出で立ちをしていた。右手には黒く光る、鍔《つば》のない刀が握られている。反《そ》りが浅い切っ先から、どす黒い血が滴り落ちていた。

左肩を斬《き》りつけられた女は、髪を振り乱して傷口を押さえ、苦しそうに喘《あえ》いでいる。破れた着物が、女の黒い血で染まっていく。

「昼寝さえしていなければ、もう少し早く出発できたと思いますが」

「まあまあ。今回は急な依頼で下調べする時間もなかったし、仕方ないだろう」

後方から声が二つしたかと思うと、橋の上でへばっている男と店主を追い抜き、浪人者を挟むように立った。左側はすらりと背の高い男、右は力士のような屈強な体つきの男だ。

長身の男はその場で三つに折れた棒を接合し、黒い錫杖《しゃくじょう》を組み立てた。頭部についた大きな輪にいくつもの小さな輪が通り、金属特有の音を奏でる。

力士のような男は懐から小さく太い杵《きね》を取り出すと、くびれた中心を握り、両端を引き伸ばした。五寸ほどだった杵は四尺あろうかという、長大な黒い金剛杵《こんごうしょ》になった。両端にはまっすぐな刃と、それを包むように四本の鉤爪《かぎづめ》がついている。

錫杖と金剛杵には、よく見ると無数の梵字《ぼんじ》が彫られてあった。

さらに今度は子どもの声が二つ、呆けたように口を開けている客と店主の横を通り越していった。

「おまけに方向音痴のくせにあっちにふらふら、こっちにふらふら寄り道ばっかしやがって。時間がかかるのは当たり前だろっ」

「でも飴細工、面白かったよねえ」
十二、三ほどと思われる、背格好が瓜二つの子ども二人が、すでに前にいる三人を挟んで一番外側に立ち並んだ。
いずれも同じ、黒の着流しを着た五人衆が、凍りついている男と店主に背を向ける形になった。

「あ、え……？」

倒れこんだ男二人の頭には恐怖と混乱とが交互に巡り、目の前の光景を言葉にできない。

浪人者は後から来た四人に、やかましいよ、などと文句を言っていたが、後ろで引っくり返っている二人の存在に初めて気がついたように、くるっと振り返った。

「おう、あんたら、運がよかったな。川底に引きずりこまれる寸前だったんじゃねえか？」

茶化すように発せられた声は凜として涼やかで、落ち着くような、それでいて心に波風を立たせるような、不思議な響きを持っていた。

男二人の目は、振り向いた浪人者の顔に釘づけになった。

その顔には、能面がつけられていた。闇の中に青白く浮かび、両目と薄く開いた口からのぞく歯は、金色に塗られている。能面の表情は哀しげであり、うっすら笑っているようでもあった。

「さっさと失せな」

そう言われても、不気味な能面に身がすくみ、金縛りにあったかのごとく体が動かない。

黒ずくめはその様子を見ると腰を落とし、二人の眼前に能面をつけた顔をぐんと近づけた。

「それともこのまま……地獄に行くかい？」

能面の内側の顔が、舌なめずりをしたように見えた。

「ぎ……ぎいいやあああっ」

男二人はどちらからともなく叫び声を上げ、もんどりうち、ぶつかりあい、互いに手に手を取るようにして走り去っていった。遠ざかって姿が見えなくなってもまだ、声高なわめき声が聞こえてくる。

その一部始終を見て、黒い着流しに身を包んだ瑠璃は吹き出し、大笑いをし始めた。こらえきれないとでも言いたげに腹を抱え、能面の内側では涙まで流している。

「頭《かしら》、真面目にお願いしますよ」

力士のような体格の男、権三に言われ、瑠璃はやっとのことで呼吸を整えた。ああ可笑《おか》しい、と言いながら頭の後ろに手をまわし、能面の紐を解く。

夜闇に、白く美しい顔があらわになった。

「根性曲がってるぜ、あんな脅かし方しなくたっていいのによ」

「泥眼《でいがん》っていうんだっけ、そのお面。確かに夜見ると怖いよねえ。ちょいとやりすぎたんじゃない？」

双子の少年、豊二《とよじ》郎《ろう》と栄二《えいじ》郎《ろう》が口々に言った。

「お黙り。この仕事の時は必ずつけろってお内儀がうるさいから、こちとら息苦しいのに仕方なくつけてんだよ。あれくらいのお楽しみがあったっていいだろ」

瑠璃はぐちぐちと文句を言いつつ能面を腰帯にくくりつけ、橋の中央にいる女へ向きなおる。

女は斬られた肩を押さえてよろめいていた。黒い血を垂れ流しながら、低い声でうなる。

――ナゼ、ジャ、マヲス、ル……。

女の声は負の感情に満ちた、暗く、重いものだった。

笑いが治まった瑠璃は、女を無表情に見据える。

――コロ、サセテ。ノロワセテ。

女を見る瑠璃の眼差しは、氷のように冷たかった。

「うん、別にお前さんに恨みなんかないよ。ただこれが、わっちらの仕事だからねえ。恨みはないけど、大人しく退治されてくんな……鬼さん」

鬼に向かってにっこりと微笑み、二人の少年に声をかける。

「豊《とよ》、栄《えい》、張りな」

呼ばれた二人は、それぞれ手にしていた黒い扇子を開いた。同時に陀羅尼《だらに》のような経文《きょうもん》を唱えだす。

それを聞いて鬼は一層悶えだし、うわ言のように同じ言葉を繰り返した。左右の揺れが激しくなっていく。

――コロサセテ。コロサセテ。

経文が唱えられてからしばらくすると、橋とそのまわりを囲むように、白い靄《もや》のような光が覆い始めた。光は次第に収束し、輪の形を成していく。

やがて白い靄は、空中に浮かぶ巨大な注連縄《しめなわ》となった。縄から垂れさがる紙垂《しで》が、厳めしいほどの神聖さを放っている。

扇子を開いたまま豊二郎が告げる。

「結界、張りました。これでこの橋は外から見えないし、誰も近づけません」

結界が張られたことで、鬼の嘆く声は激しくなった。注連縄の外に出ようとしてか、瑠璃たちとは反対の方向にふらふら歩きだす。

鬼の指が白い光に触れた瞬間、注連縄が目も眩む光を発し、バチンとけたたましい音が鳴った。その場から弾《はじ》かれた鬼はおぞましい叫び声を上げた。

「ああそれね、触んない方がいいよ。お前さんをここから出さないための結界なんだから」

瑠璃は響き渡る絶叫を聞きながら顔色一つ変えず、軽い口調で呼びかけた。

鬼の声に怒りがまじる。乱れた髪の先がゆらゆらと揺れる。手足の爪は次第に黒くなり、鋭く伸びていった。

突如、咆哮《ほうこう》とともに鬼は踵《きびす》を返して駆けだした。風を受けてさらされた額には、一寸ほどのまっすぐで黒い角がのぞいている。

鬼は橋の中央から凄まじい勢いで跳躍《ちょうやく》し、瞬く間に瑠璃の頭上へと迫ってきた。黒い爪が瑠璃めがけて光る。

瑠璃は頭上の鬼を仰ぎ見ると、一歩後ろに下がり、ゆっくりと目を閉じた。

「錠さん、権さん、頼んだよ」

黒い爪が瑠璃の白い肌を捉えるかと思われた刹那《せつな》、錠吉と権三が瑠璃の前に出てきた。シャン、と錫杖の先端についた輪が、金属音を響かせる。黒い錫杖と黒い金剛杵は「乂《がい》」の字を作るように交差して、鬼が振り上げた右腕を受け止めていた。

錠吉と権三は一歩を踏み出し、空中で身動きが取れなくなった鬼を力強くはね飛ばした。

鬼は橋の中央に背中から落下した。やがてむくりと立ち上がる。男二人は走りだし、左右にわかれて攻撃を繰り出し始めた。

錠吉が錫杖の尖った先端で、鬼の喉に突きをくらわせる。権三は重い金剛杵を豪快に振りまわして殴りつける。度重なる二人の打撃は鬼の体に見事に命中し、じりじりと橋の袂へ追い詰めていく。

しかし、普通なら即死であろう攻撃を受けているにもかかわらず、鬼についた傷はいまだ瑠璃に斬られた刀傷だけであった。それでも錫杖と金剛杵に打ちつけられた衝撃は効いているようで、鬼は怒りをあらわにした。

その肌は爪と同じように徐々に黒く、身を守るように硬くなっていった。

鬼は二人の攻撃をよけようとするも、左右同時にかわすことはできない。攻勢に転じようと両手を伸ばす。錠吉と権三はそれを回避すると、阿吽《あうん》の呼吸で鬼の腕をつかみ、足を払った。

鬼の体が大きく一回転し、音を立てて橋桁に叩きつけられる。二人は見下ろすように鬼の両側に立ち、錫杖を鬼の胸に、金剛杵を顔に、躊躇《ちゅうちょ》なく突き立てた。

鬼は動かなくなった。

ひんやりとした静かな風が、その場を流れていく。権三は金剛杵を、ゆっくりと鬼の顔から離した。

金剛杵の下で、鬼は暗澹《あんたん》たる笑みを浮かべていた。目と口に空いた闇はさらに黒く、深く、内側で荒波のように揺らめいている。

錠吉の顔が瞬時にこわばった。

「権、離れろっ」

言い終わる前に鬼はがばりと起き上がり、両腕を広げて錠吉と権三の腰帯をつかんだ。瞬く間に二人の足が宙に浮く。鬼は体をひねりまわして、二人を左右の欄干に投げつけた。

古びた木が折れる音がこだまする。

「錠さん、権さんっ」

瑠璃の後ろで扇子をかまえた豊二郎と栄二郎が、同時に叫んだ。

「……問題ない」

崩れかけた欄干を手すりに立ち上がりながら、錠吉が答える。鬼の剛腕と遠心力で腹を強打したらしく、口からは血が流れていた。

「肌が黒くない状態ならいけると思ったんだが、やはり俺らじゃ致命傷までは無理か。それにしても、なんて膂力《りょりょく》だ」

体格のよい権三は筋肉が盾となり無傷だったが、息を大きく弾ませていた。

錠吉と権三は瑠璃の前まで後退し、鬼の様子をうかがった。

今や鬼の皮膚はほぼすべてが黒に覆われ、乱れきった髪の隙間から見える角が、異様な邪気を放っていた。

鬼は歪《いびつ》な笑みを浮かべながら、錠吉と権三を見比べる。そして二人の後ろにいる瑠璃を、ゆっくりと見た。

瑠璃は首を傾《かし》げ、つまらないものでも見るような顔で、鬼の姿を見つめていた。

「ふうん、結構やるじゃないか。でもそろそろ飽きてきちゃったから、もう終わりにしてもいい？」

鬼は獣のごとくに叫喚した。闇を孕《はら》んだ両目が瑠璃を睨みつけ、狂ったように突進してくる。

錠吉と権三は制止すべく武器をかまえる。すると、鬼の乱れた髪が急に意思を帯びたかのように、二人の横まで伸びてきた。大きくしなり、二人を川に向かって弾き飛ばす。

瑠璃と鬼の間には、誰もいなくなってしまった。

鬼は瑠璃だけを見据え、風を切って突っこんでくる。

黒く鋭い爪が瑠璃の喉を切り裂こうと振り上げられた瞬間、間一髪で錠吉と権三が鬼の後ろから武器を突き出した。そのまま瑠璃から引き離す。勇ましい掛け声とともに、橋の欄干に鬼を叩きつけた。二人は髪の束に弾かれてから、すぐに身を翻して欄干に着地し、川に落ちるのを防いでいたのだ。

鬼はわめき散らし、体を揺さぶってもがく。だが、交差した錫杖と金剛杵は一向に外れる気配がない。

間近まで迫ってきた鬼に冷や汗をかいていた双子が、黒扇子を手に、新たに経文を唱え始めた。

錫杖と金剛杵に彫られた梵字が、白い光を放ちだす。鬼はまばゆい光に当てられ、耳を塞ぎたくなるほど悲痛な叫び声を上げた。

すると、それまで一歩も動くことなく静観していた瑠璃が、黒刀を手にゆらりと近づいてきて、鬼の正面に立った。鬼は錠吉と権三に両側からがっしりと押さえられている。

瑠璃は抱きしめるように、鬼に覆い被さった。

黒く硬い腹の辺りを、黒い刃がずぶ、と貫いている。

鬼はわめくのをやめた。

瑠璃は鬼に被さったまま、口元にうっすらと笑みを浮かべていた。そして、鬼の耳元にそっとささやいた。

「これがわっちの仕事でもあり、興《きょう》でもあるのさ。お前さんもたくさん殺して楽しかったろう？　わっちと同じだね」

瑠璃の言葉を聞いてか、打ちのめされたように鬼の体から力が抜けていった。黒い皮膚が人のそれに戻っていく。額にあった角は崩れ、やがて見えなくなった。

若い女の姿に戻ると、鬼は哀しい笑みを残して、消滅した。

辺りには川の音だけが、ざあざあと騒がしく残っていた。

四

幽暗《ゆうあん》なる空間を、瑠璃はたった一人で歩いていた。

まっすぐの道は、人一人がやっと通れる程度の広さしかない。肌に触れる空気は冷たく、瑠璃の足音だけが響く。瑠璃は灯りも持たず慣れた様子で、黒で塗りつぶされた一本道を進んでいく。

どれだけの距離を歩いてか、微弱な風を感じ取り、手を前に伸ばした。梯子《はしご》のような木の感触が細い手に伝わる。瑠璃は梯子を慎重にのぼっていった。二十段ほど上がってから、再び手を伸ばして上を探る。冷たい鉄の感触を手に確かめて、それを押し上げた。

黒羽屋にある瑠璃の部屋は、騒がしい笑い声にどたどた走りまわる音、そして奇々《きき》怪々《かいかい》な者たちであふれかえっていた。

座敷と布団を敷く部屋、納戸、三間続きの部屋の襖はすべて取り外されて大広間のようになっている。部屋中に空の銚子《ちようし》や猪口、丸い陶器の酒瓶、酒の肴を載せた台の物が散乱し、昼間は綺麗に整えられていたはずの部屋は、酒宴によって滅茶苦茶になっていた。

瑠璃は納戸の畳をさらにぐっと押し上げ、地下通路から上半身だけ這い出した。

「てめえら……」

低くうなり、奇っ怪な者たちをねめつける。

「はっ」

座敷で珍妙な踊りを披露《ひろう》していた髑髏《がしやどくろ》と、笠を首にかけた狸《たぬき》が、殺気に気づいて凍りついた。納戸を背に囃《はや》し立てていた者たちも一斉に固まり、後ろを振り返れないでいる。

尾が二本に裂けた白い猫又《ねこまた》。異様に大きな頭にほっかむりをした袖引き小僧。伸び放題の長髪を無造作に結んだ山伏姿の若い男。長い茶色がかった髪を胸の辺りで束ねた、こざっぱりとした美女。加えて部屋中には、無数の怪火が飛んでいる。

手足を滑稽《こっけい》に振り上げたまま固まる髑髏と狸、その他一同は、おそるおそる納戸の方を振り向いた。

地下の隠し通路から完全に這い出た瑠璃は、畳と鉄が一体になった仕掛扉を後ろ手で降ろした。ダン、と大きな音に全員が縮み上がる。瑠璃は双眸《そうぼう》をぎらりと光らせ、般若《はんにゃ》のごとき形相《ぎょうそう》だ。

「ふふふ、なんとも楽しそうだねえ。ここが誰の部屋かわかってるのかい？　主《あるじ》不在の部屋で乱痴気騒ぎとは、覚悟はおできかえ……」

剣呑《けんのん》な笑い声が部屋中に浸透していく。狸は今や涙目である。

「おお、瑠璃。早かったではないか」

寒々とした場の空気を無視して、美女の膝上でくつろいでいたさび柄の猫、炎が瑠璃へと歩み寄った。

「炎、お前、今朝の約束はどうしたんだいっ。わっちが戻ってくるまで宴は始めるなと言ってあったろう。それをこんな、まだ大引け前だってのに、飲んで食って散らかしてっ」

部屋中が怒声に呼応するように振動して、妖《あやかし》たちは白目を剝《む》いた。狸は、がばば、と泡を吹いている。それでも炎だけはどこ吹く風だ。

「よいじゃないか。どうせ片づけをさせられるのは、お前でなく双子なんじゃし」

「何ぃ？」

瑠璃は頰を引きつらせた。

「そんなことより、権三も帰ってきたのであろう？　奴の作る肴は別格のうまさじゃからのう。まだ油坊の酒もたっぷり残っておることじゃ、お前も腰を落ち着けよ」

部屋の主に向かって腰を落ち着けろ、とは随分な言いようである。他の妖たちは次に来る雷に備えてかまえたが、瑠璃は意外にも深いため息をついただけで怒りを収めた。

「つとに、仕方ないねえ。おい、白《しろ》。今から着替えるからちょいと変化《へんげ》して、喜《き》の字《じ》屋に台の物の追加を頼んできな」

瑠璃は黒い着流しの帯を解きながら、猫又に向かって声をかけた。

「ひっ？」

真っ白の毛に緑と青の瞳をした猫又は一瞬たじろいだが、すぐにぼふん、と靄をあげ、幼い禿に変化した。

禿姿になった白が急ぎ足で遣《つか》いに行っている間に、瑠璃は妖たちの目の前で堂々と着替えを始めた。人ならざるものの前だとどうでもいいのか、眩しいほどの真珠肌を惜しげもなくさらす。その胸元には二寸ほどの、刀傷のようなものがうっすら見えた。まわりには三点、傷を囲むように小さな黒い痣《あざ》が並んでいる。

素肌に赤の長襦袢を着て、額《がく》仕立てをした棒縞《ぼうじま》の黄八丈《きはちじよう》の小袖を襲《かさ》ねる。紅赤《べにあか》の帯を適当にぐるぐると巻いて、端に突っこんだ。普段の花魁業では湯文字《ゆもじ》や蹴出しを下に着て、小袖も三枚、前帯に仕掛を二、三枚は襲ねるのだが、今は仕事ではないので楽な格好がいいようだ。

瑠璃の怒気が引っこんだのに胸を撫《な》で下ろした妖たちは、座敷から中央の布団部屋へと集まってきた。瑠璃も着替えを終え、畳に腰を下ろす。片膝を立てて大胆に見えている柔《やわ》な太腿《ふともも》が、白さを放っている。

「花魁の体は、いつ見ても白玉《しらたま》みたいにきれえですよねえ」

着替えの一部始終を遠慮なく見ていた狸が、うっとりと言った。

「でも瑠璃って胸はまな板並だよなっ。かかかっ」

髑髏《どくろ》は胡坐《あぐら》をかきながら、カタカタ音を鳴らして笑う。

瑠璃の目がまた鋭く光ったかと思うと、髑髏の頭に力任せに拳を叩きこんだ。

頭蓋骨《ずがいこつ》にひびが入り、髑髏は悲鳴を上げた。その瞬間、全身の骨が消え失せ、頭蓋骨だけが畳の上にごろんと落ちた。

「がしゃ、瑠璃だって年頃の女なんだから、そういうこと言うのはおよし」

きゃああ、と女子《おなご》のような悲鳴を上げ続ける頭蓋骨を、薄茶色の髪の美女がたしなめた。紫陽花《あじさい》の花びらを散らした白上げの単衣《ひとえ》に、やたら縞《じま》の帯を締めた瀟洒《しょうしゃ》な装《よそお》い。落ち着いた雰囲気の二十代後半、といった風貌だ。

「うるせっ、この若作り山姥《やまんば》っ」

美女は瑠璃と同じく目をぎらりと光らせ、がしゃに追加の拳をくらわせる。

頭蓋骨がぴし、と鳴って亀裂が深くなった。悲鳴がさらに切ないものになる。

「露葉は妖だからわかるが、普通の女は骨にひびなんて入れられないぞ。しかも素手《すで》って……。相変わらずの怪力だな、瑠璃」

丸い陶器の酒瓶と猪口を持って、山伏姿の若い男が瑠璃の隣に座りこんだ。丸瓶には「油」という字が大きく書かれている。がしゃを忌々《いまいま》しげに睨んでいた瑠璃は、丸瓶を見て、おっ、と目を輝かせた。

山伏姿の男が酌をして、瑠璃は一息に酒をあおった。まろやかな舌触りに心地よい香りが鼻に抜け、体中に熱が染み渡る。目を細めて、深い感嘆のため息をついた。

「これだよ、これ。やっぱり油坊の酒は日本一だねえ」

猪口を上にかざし、恍惚《こうこつ》とした表情で中の酒を見透かすように眺める。

その様子を見た油坊は、にかっと笑った。部屋中を飛びまわる怪火も、嬉しそうにぴょんぴょん跳ねている。

怪火を操るこの油すましは、山奥で趣味の酒造りをしては、ときおり山から下りてきて瑠璃たちに振る舞ってくれるのだった。見た目は山伏の格好とぼうぼうの長髪で傾奇者《かぶきもの》、といった出で立ちだが、精悍《せいかん》な体つきに力強い眼差しをした、なかなかの男ぶりである。

ほどなくして、禿に変化した白が蛸足《たこあし》膳の台の物を重ね、自分の背丈よりも高くなったそれを危うくふらふらさせながら、部屋に戻ってきた。油坊が手を貸し、台の物を下ろしてやる。白は重荷を解かれてほっとしたのか、ぼふんと鬣をあげて猫又の姿に戻った。

「白、早かったじゃない。権三さんの料理……じゃないのね」

油坊が適当に並べる台の物をのぞきこみながら、露葉はがっかりした顔をする。

「しょうがないじゃないですかあ。権三さんだって、今しがた大門をくぐって帰ってきたばかりですよ。花魁が人使い荒いモンだから、大慌てで準備してくれてます」

「人使い荒くて悪かったな」

瑠璃は猪口を口にしつつ白猫を睨んだ。

帰ったばかりの時より殺気が薄れているためか、白は睨みを気にすることなく、大げさに息を吐いて畳の上に寝転がった。

「まったくもう、この前だって他の姐《ねえ》さんらの禿が出払ってるからって、いきなり道中に参加させられたんですよ。禿一人に化けるのって、すっごおく疲れるんですから」

猫又の白は、吉原で気ままに暮らす野良《のら》であったが、変化《へんげ》の力があるため瑠璃につかまり、禿として道中に出ることもままあった。

「ねえ花魁、まだ禿をとらないの？」

瑠璃の三倍はある大きさの頭を、ほっかむりで包んだ袖引き小僧、長助《ちょうすけ》が尋ねた。

白も期待のこもった視線を向ける。だが当の瑠璃は、台の物を口へ運ぶのに忙しそうだ。

「禿なんて、めんどくさいからごめんだね。楼主《おやじ》さまともそういう約束で花魁になったんだし、これからもとるつもりはないよ」

酒で肴を流しこみながら、投げやりに答えた。

吉原で働く遊女は、姉女郎《あねじょうろ》として禿や新造を育てる仕事も負う。大見世の遊女ともなれば、禿と新造あわせて四、五人を抱えることも少なくなかった。日常で必要な食や衣裳、一本立ちのために必要な費用はすべて姉女郎が持つ。禿や新造は姉女郎の身のまわりの世話をしながら遊女として仕込まれ、やがて一人前になるのだ。

しかし、瑠璃は最高級の位を与えられていながら、禿を一人もとっていなかった。本来ならばありえないことだが、瑠璃に限っては特殊な裏事情のために許されている。道中で瑠璃の前を行く禿は、大抵は朋輩《ほうばい》の遊女から借りてやりすごすことが多い。抱えの禿や新造がいないことは不便でもあったが、瑠璃は錠吉を自分専属の髪結い師にしたのと同じくわがままを通して、特別に一人身を貫いているのだった。

こっちはいい迷惑ですよ、と白が二本の尻尾を畳にぽんぽん叩きつける。

「せめてお恋《れん》が狸らしく人に変化できれば、アタシの負担も軽くなるんですけどねえ」

寝転がったまま頭をずらし、狸を緑と青の目でじと、と見た。

お恋と呼ばれた狸は鮨《すし》を夢中で頬張っていたが、白にいきなり話を振られて慌てふためいた。

「わ、わわ、私は、狸といっても信楽焼《しがらきやき》の付喪神《つくもがみ》ですしっ」

目を泳がせ、茶色の毛で覆われた前足をぶんぶんと振る。

付喪神とは、長い年月をかけて器物が魂を持ち、妖となったものをいう。お恋の正体は、百年かけて魂が宿った信楽焼であった。

「信楽焼の狸って、普通は雄だよなあ？　なんでお恋は女っぽいんだ」

瑠璃と露葉にひびを入れられ、泣きわめいていたがしゃであったが、いつの間にかそのひびが跡形もなく消えてけろりとしていた。不思議そうにお恋を見つめる。

「さ、さあ。持ち主が女子だったからとか、そんな感じですかね……」

「だから、お恋は正確には狸じゃないんだっての」

油坊ががしゃに突っこむ。お恋はかあっと赤くなった。狸の毛でわからないが、赤くなったように瑠璃には見えた。

「お前さ、わっちが戻ってきた時、がしゃと腹踊りしてなかった？」

男か女かという話より、まずはそっちを恥ずかしがれよ、と呆れる瑠璃に、お恋はますます口ごもる。突然ばいん、と不思議な音を立てたかと思うと、毛のある狸から信楽焼の姿になってしまった。

「何か、限界超えちゃったみたいだね」

同じくお恋の恥じらいの様子に気づいていた露葉が言った。信楽焼は沈黙している。がしゃが、かっかかかっ、と大笑いをする。

瑠璃はがしゃの爆笑を無視して、台の物と酒を再びかっこみ始めた。

「白はなぜか男なんじゃよな」

炎が白い猫又に向かってにんまりと笑った。

「なぜか、って余計ですよ。アタシはれっきとした男ですぅ」

白は寝っ転がったまま科《しな》を作ってみせる。長助が太い指で優しく白の毛を撫でると、うにゃん、ととろけた表情で腹を見せた。

「炎は？　おとこ？　おんな？」

白の腹を撫でながら、長助はつぶらな瞳で炎を眺める。

「そういえばそうだよな。俺、勝手に炎は男だと思ってたけど。おい炎、どっちなんだ？」

油坊も炎を問い詰める。

「さあの。儂にもどっちかわからんのじゃ。体は一応、雌《めす》のようじゃが。まあどちらにせよ、大して変わりはせんよ」

炎は言って、畳に置かれた猪口をぺろぺろとなめた。露葉がそれに酒を注ぎ足してやる。

「炎てさ、男か女かもそうだけど、歳も謎だよね。じじくさい喋り方するけど若く見えるし、尾も一本だから猫又ってわけでもなさそうだし」

露葉もやはり首をひねっていた。

「お前が中身は婆《ばばあ》なのと一緒だよ、露葉。妖に歳なんざ関係ねえのさ、かかかっ」

上機嫌で笑うがしゃに向かって、空になった陶器の酒瓶が投げられた。がしゃは再び悲鳴を上げた。


辺りを包んでいた清掻の音はいつの間にやら細くなり、浅草寺《せんそうじ》の低い鐘の音が響いてきた。

吉原は大引けの時刻を迎えていた。各座敷の酒宴も静まり、黒羽屋の妓たちはすでに床入りをしている様子だ。

瑠璃の部屋の襖がふいに開く。一人の童子《どうじ》が、台の物を抱えて入ってきた。

「おう栄二郎、いいとこに来たね。もう肴がなくなったから、そろそろ呼びに行こうかと思ってたんだよ」

瑠璃は童子をにこやかに迎えた。

部屋では相変わらず妖たちの酒宴が続いている。栄二郎はうずたかく積まれた台の物を、器用に布団の間へと運んだ。

「花魁。権さんが花魁にって、ほら、うな丼だよ」

栄二郎はにこにこしながら、巨大な丼が載った膳を瑠璃の前に置く。

「わあ、嬉しいねえ。正直ちまちました仕出しだけじゃ足りないと思ってたんだよ。今日は鬼退治で体動かしたから、腹が減っちまってさ」

「そうでなくても、いつも特盛の丼めしを要求してるじゃねえか」

不機嫌そうな声がして、栄二郎と瓜二つの顔が部屋に入ってきた。こちらは銚子がびっしり並んだ大きな膳を抱えている。

「体を動かしたなんて、どの口が言うんだか。最後に止《とど》め刺しただけのくせに。権さんなんか、帰ってくるなり大忙しだったんだぜ。仕込んだのだけじゃ足りないから、俺も手伝いに駆り出されてさ」

「文句言ってんじゃないよ豊二郎。お前こそ手伝いとか言って、権さんの足手まといになってる、の間違いじゃないかえ」

早速うな丼を頬張りながら、瑠璃は豊二郎を不審げに見た。

双子の豊二郎と栄二郎は十三歳、黒羽屋の若い衆見習いである。

若い衆の仕事は喜助《きすけ》と呼ばれる、布団の上げ下げ、客と遊女の間を取り持つ二階まわしや、遊女の部屋の行灯に油を差してまわる不寝番《ねずのばん》、客引きをする妓夫など様々だ。兄の豊二郎は料理に興味を持ち、料理番である権三のもとで料理人の見習いもしている。

妓楼では、喜の字屋と呼ばれる仕出し屋から台の物を取り寄せるのが主で、妓楼の中の調理場では、簡単な肴や遊女たちの朝餉を作るだけだ。しかし元は料亭の板前だった権三は、大柄な体格からは一見想像できないような、繊細で味わい深い料理を作ると評判であった。廓遊びとは別に、権三の料理が目当てで来る客も多いほどだ。

誰が足手まといだっ、と豊二郎は息巻いた。妖たちがどっと笑い声を上げる。

双子は妖たちを見ても慣れているようで、特に驚きもしない。膳を運び終わると、忙しそうに部屋を後にした。

「して、此《こ》たびの鬼退治はどうじゃった」

炎が瑠璃に水を向ける。

「膂力は大したモンだったけど、格付けするなら中の下ってとこかな。角も小さかったし、鬼哭《きこく》もそこまでって感じ。橋の上に夜毎《よごと》出ては、通るモンを川で溺れさせてたみたいだよ」

瑠璃は早々とうな丼を食べ終え、腹をさすりながら言った。妖たちは権三の作った料理に舌鼓《したつづみ》を打ちながら話を聞いている。膳の上には美しく盛りつけられた筍羹《しゅんかん》や蛤《はまぐり》の杉焼き、椎茸《しいたけ》と海老のしんじょなどが載せられていた。

「どうして鬼になっちゃったの？」

長助が蛤を頬張りながら尋ねる。

「詳しいことはわからん」

白けたように言った瑠璃は、ふっ、と表情を曇らせてつけ加えた。

「ま、何もわからんのではわっちも気分が悪いから、例のごとく錠さんに調べてもらうことにしたけどね」

「そもそも鬼は、アタシら妖となにが違うんですか？」

白が体を起こし、畳の上にちょこんと座りなおした。

「妖の大半は妖として生まれるが、鬼は人がなるものじゃ」

猪口の酒をなめつつ答えたのは炎だ。

「夜叉《やしゃ》とか羅刹《らせつ》ともいわれるがの。哀しみや怒り、色んな恨みを遺して死んだ者が、鬼となって再び浮世に現れる。幽霊と呼ばれるものよりもっと、力は強いがな。恨みの強さはそのまま膂力の強さとなり、並では到底歯が立たん。だからこそ、黒雲《こくうん》が存在するのじゃ」

深怨の情を捨てきれずに死んだ者は、額に角を生やした鬼となり、負の力をもって生者を死にいたらしめる。鬼の発する鬼哭は聞く者の精神を握りつぶし、黒く染まった鬼の爪は標的の体をたやすく切り裂く。古代よりこうした鬼の存在は、世の人々を脅かしてきた。

人の数だけ、恨みの数も増す。人々が群集し暮らす江戸は、その分鬼の出現が多かった。しかし尋常ならざる力を持つ鬼に、普通の加持祈禱《かじきとう》や退魔の術は通用しない。おまけに角の大きさと鬼の力の強さは比例しており、角が大きければ大きいほど皮膚は硬く、膂力も桁外れになっていく。

そこで約五十年前に結成されたのが、黒雲という、鬼に対抗できるだけの能力を持つ者たちの暗躍組織であった。

その正体は世間では謎とされているが、実は吉原の最高級妓楼である黒羽屋こそが、黒雲の根城だった。職種や年齢を問わず人が集まる吉原は、情報を集めるのに都合がよい。黒羽屋は創立当初から裏稼業として黒雲を結成し、鬼の脅威から江戸を守ってきた。

瑠璃は四代目の黒雲頭領である。錠吉、権三、豊二郎、栄二郎の四人は黒雲の構成員として瑠璃を支え、護衛をしている。

黒雲の秘密を共有するのは当の五人とお内儀であるお喜久《きく》、楼主の幸兵衛、遣手のお勢以だ。退治の依頼が来るたび、お喜久が瑠璃たちに指示を出し、莫大な額の報酬と引き換えに、秘密裡に鬼退治をさせていた。

表向きはお内儀でも、妓楼としての業務にお喜久が関わることはほとんどない。どこから多額の報酬が出ているのか、依頼人とどのようなやり取りをしているのかなどは瑠璃を含め、黒雲の誰も知らされていなかった。

もうすぐ四十を迎えるお喜久は、常に淡々と任務内容を伝えるだけで、瑠璃たちに有無を言わさず、質問をする暇も与えない。瑠璃にとっては苦手な相手だった。

「おいら見たことないんだけどさ、花魁って、どうやって鬼退治をしてるの？」

長助はさらに疑問をぶつけた。

「どうって。ほら、あすこに刀あるだろ。飛雷《ひらい》ってんだ、あれでさっと斬るんだよ」

瑠璃は壁に立てかけてある黒刀を、親指で雑に示した。

鍔のない黒刀は柄《つか》や鞘《さや》にも、何の飾り気や艶もなく、黒さだけが際立っている。異様な気を感じ取って、がしゃは飛雷を見ながら身震いした。

「いつ見ても気味悪いよなあ、あの刀。妖刀なんだろ？　一体どこで手に入れたんだよ」

　飛雷から思わず目をそらし——といっても目はないのだが——がしゃは瑠璃に問いかける。

　お前が気味悪いとか言えるのかい、と言いながら、瑠璃はつっけんどんに答えた。

「知らん」

「知らんてお前」

　がしゃは口をあんぐりさせている。

　瑠璃の代わりに、炎が話を引き取った。

「飛雷は、瑠璃が幼い頃からともにあったのじゃ。こやつは五歳の時に、あれと一緒に大川《おおかわ》を流れてきてな。浴衣の裾に飛雷が引っかかり、それが川沿いに生えていた葦《あし》に引っかかっていた」

　炎は当時を思い返すように目をつむる。

「儂もその頃からこやつと一緒におる。川で死にかけていたところを芝居役者、椿惣《つばきそう》右衛門《えもん》に拾われて育てられたのじゃが……」

「えっ、椿って、もしかして椿座？　花魁てばそんなすごい人に拾われたんですか。

役者と一緒に生活してたってことですよね」

江戸で知らぬ者はいない有名な役者の名前が出たので、白は思わず話を遮った。

「別に大したことじゃねえし、下働きさせられてただけだ。そういや慈鏡寺《じきょうじ》の安徳《あんとく》さま、椿座によく遊びに来てたけど、長いこと会ってないなあ」

瑠璃の口ぶりはまるで他人事だ。

「惣右衛門に拾われた時、すでに瑠璃の中には強い力が宿っておった。自分がどこから来たのか、どうして刀と川を流れておったのか、すべての記憶を失っていたがの。特に力を発揮することもなく暮らしておったのじゃが……三年前、惣右衛門が突然に死んでしまった」

「炎、その話はするなって言っただろ」

昔語りをする炎を、瑠璃は鋭い目で睨んだ。あからさまに機嫌が悪くなっている。

「ええっ。おいら、もう少し聞きたいなあ……駄目？」

潤んだ瞳で長助が言うので、瑠璃は深々とため息をついた。

炎はその様子をちらと見て、話を戻した。

「惣右衛門には、惣之丞《そうのじょう》という息子がおった。この男が、瑠璃のことをとことん毛嫌いしておってな。惣右衛門が死んですぐ、黒羽屋に瑠璃を売り払ってしまった。瑠璃

「何それ、ひどいじゃないの。惣之丞っていったら天下の女形《おやま》、千両役者でしょ。嫌いだからって女を売るなんて、許せない」

露葉は怒りに任せて白の尾を握りしめた。とばっちりを受けた白猫の悲鳴がこだまする。

「黒羽屋に売り飛ばされた時、ここのお内儀が瑠璃と妖刀に目をつけよった。鬼と対峙させて、眠っていた力を無理やり引き出したんじゃ」

瑠璃は話の途中ですっくと立ち上がった。納戸に向かうと、越前箪笥の一番下の抽斗《ひきだし》を開け、飛雷を底にしまいこむ。上から乱雑に衣裳を載せていく。

炎はかまわず続けた。

「錠吉の錫杖、権三の金剛杵は法具でな、特殊な法力がこめられておって、鬼に痛手を負わせることができる。じゃが、完全に祓《はら》うことはできん。双子の唱える経文もしかり、あれはあくまで鬼の可動域を封じるもの。貫くことができるのは飛雷だけじゃ。その上、飛雷は瑠璃しか主として認めぬ。他の者が抜こうとすると、必ず不自然に怪我をしてしまう。じゃから瑠璃だけが、鬼を完全に退治することができる」

妖たちは興味深そうに炎の話を聞いていた。瑠璃はというと、再び片膝を立てて座り、つまらなそうな顔で長煙管に葉を詰め、ふかしだした。白く、ほのかに甘い香りの煙が漂う。白がすんすんとその香りを嗅いだ。

「俺らみたいな妖と関わるようになったのも、力を引き出された時からか？」

油坊が尋ねた。瑠璃は煙を細く長く吐き出している。

「そうさ。昔から色々と見えてはいたんだけどね、でもそれだけだった。廓に来てからは自然と集まるようになっちまって、今じゃほら、このとおり」

そう言って煙管をくわえると、今度は信楽焼に向かってふうっと煙を吐いた。

「な、何だか、花魁に惹《ひ》かれてここに来ちゃったんですよね、私」

煙を当てられて、信楽焼が狸に変化した。

わ、戻った、と長助はお恋をキラキラした瞳で見つめる。その様子に露葉が微笑む。

「不思議だよね。妖が見えるモンなんて、昔に比べて今じゃめっきり少なくなっちまったし、人とこんな風に深く関わることなんて、もうないと思ってた。でも、瑠璃はあたしら全員をまっすぐ見て、こうして一緒に酒を飲んでる」

人を陽とするならば、妖は陰の存在である。彼らの姿を見ることができるのは、ごく限られた者のみだった。実体のある炎や白、お恋はともかく、他の妖にいたっては存在すら気づかれない。見る力を持っているのは黒羽屋の中でも黒雲の五人とお喜久、津笠《つかさ》という遊女だけだ。

瑠璃も露葉と視線を交わして、まんざらでもなさそうに笑みをこぼした。

「おっと、もう台の物も酒もなくなりそうだね。白、またひとっ走り行っといで」

「ええ……」

二度目の遣いを言い渡された白は、心底嫌そうな声を漏らした。

「いよっ、さすがは天下の瑠璃花魁、気前がいいねえ。そんじゃ、瑠璃と俺らの出会いを再び祝して、今宵《こよい》は飲み明かそうぜ。ほれお恋、俺を持て。踊りの続きだっ」

「は、はいっ」

お恋はあたふたと頭蓋骨を両手で持ち、珍妙な踊りを再開した。よっ、ほいさ、とがしゃが適当な掛け声を上げる。

「お前はお恋に持ってもらってるだけだろ」

瑠璃が呆れたように言い、酔いがまわった一同は腹を抱えて笑いだした。

長い夜はまだまだ明けることなく、賑やかな酒宴も笑い声とともに続いていった。

# 五

特大の箱行灯が煌々とともる張見世部屋に、遊女が一人、また一人と入ってきた。仕掛の裾を払い、毛氈が敷かれた自分の定位置についていく。

張見世部屋の壁には縁起物である鳳凰《ほうおう》が描かれることが多いが、黒羽屋では代わりに、巨大な龍の水墨画が描かれていた。牙を剝き、目を見開いた見事な龍が、体を壁一面に躍動させている。優雅な鳳凰とはかなり趣向が異なるが、威厳にあふれる龍の姿は、客からの評判もよかった。

遊女たちは携えていた煙草盆や硯箱を前に置き、龍の絵を背に座りこむ。次第に惣籬の向こうには見物客が集まり、ガヤガヤと騒ぎ始めた。清掻と上草履、裾を引きずる衣擦れの音がしばらく重ねられ、およそ三十人もの遊女が張見世部屋にずらりと並んだ。

それから一呼吸を置いて、一人の遊女がゆっくりと入ってきた。

「よっ、津笠あっ」

惣籬に群がる男たちはどよめき、遊女の名を口々に呼んだ。

雅な貝桶文《かいおけもん》が躍る仕掛に、色鮮やかな鴛鴦《おしどり》と藤蔓《ふじづる》の前帯を締めている。広く形のよい額にぱっちりと賢そうな目元。薄い唇には少しだけ玉虫色の紅が光り、自分を呼ぶ男たちにたおやかな笑みを向ける。津笠は惣籬から見て一番奥、龍の壁をすぐ後ろにして座った。

間もなくして、桔梗色《ききょういろ》に飛鶴《とびつる》、金糸で観世水《かんぜみず》を施した仕掛を襲ね、見事な唐花文様《からはなもんよう》の前帯をした遊女が現れた。男たちは再び色めき立った。

「おい、ありゃ汐音《しおん》だ。今日はとんでもねえ顔ぶれだぞっ」

汐音と呼ばれた遊女は、気品漂う切れ長の細目をすっと男たちに向けた。が、特に表情を変えることなく目を伏せる。龍の壁を背に、津笠から少し離れた場所に座りこんだ。

汐音は黒羽屋で二番、津笠は三番人気の呼び出し昼三《ちゅうさん》である。

遊女の位は上から昼三、座敷持《ざしきもち》、部屋持《へやもち》とわかれている。かつて吉原には花魁よりも格上の、太夫《たゆう》という位が存在した。圧倒的な美貌と深い教養を兼ね備えていたが、あまりに別格である上、その揚げ代は普通の稼ぎでは一生かかっても払えないほどに高かった。そのため二十年前に黒羽屋にいた朱崎《あけざき》を最後に、吉原から太夫職は消えていた。

「こりゃひょっとすると、黒羽屋お抱えの御三家《ごさんけ》がそろっちまうんじゃねえか」

今や惣籬の前には黒山の人だかりができている。男たちはざわざわと、津笠と汐音の間に空けられた空間を見つめた。

「まさか、入山形《いりやまがた》に二ツ星だぞ。汐音と津笠がそろってるだけでも信じられねえってのに」

あっと誰かがふいに声を上げ、男たちは一斉に惣籬の内に目をやった。瞬間、大きな歓声が辺り一帯を包んだ。

黒羽屋抱えの一番人気、花魁の瑠璃が張見世部屋に入ってきたのだ。大ぶりの乱菊と踊り桐《ぎり》をあしらった仕掛に、松皮菱《まつかわびし》と源氏車《げんじぐるま》の前帯。物憂げな、それでいて慈愛に満ちたような奥ゆかしい眼差しをして、口元にはふんわりと笑みを浮かべている。

瑠璃は歓声を浴びながらまっすぐに津笠と汐音の間へ歩みを進め、粋に裾をさっと払って、龍の顔が牙を剝く真下に腰を下ろした。惣籬の向こう側を涼やかな瞳で見つめる。

威風堂々とした龍の絵を背景に、黒羽屋の三大遊女を奥中心にして、選りすぐりの美女たちがずらりと居並ぶ姿は圧巻であった。男たちは浮世離れした華やぎに目を眩ませ、絵巻物の中に入りこんだかのような心持ちで、熱っぽい吐息を漏らしている。

惣籬の内に後光が差していると見えたのか、手をあわせて拝む者までいた。

「あらあ。あそこの爺さま、あのまま昇天しちまいそうでありんすな」

瑠璃の斜め前に座っていた遊女、夕辻《ゆうつじ》が瑠璃を振り返って言った。丸みを帯びた顔に垂れがちな目をしているが、童顔とは反対に分厚い仕掛越しにもわかる豊かな胸が、不思議な色気を主張している。

遊女たちは夕辻の発言に、くすくすと鈴を転がすような笑い声を上げる。瑠璃も目を和ませた。

「花魁が張見世に出るなんてそうそうないですものね。それはそれで、いい冥途《めいど》の土産になるんじゃないかしら」

津笠が賢そうな顔をにこりとさせる。

「大見世の花魁ともあろうお方が、何だって張見世なんてしているのでありんしょう。今日は道中もなしで、お茶挽《ちゃひ》きでござんすか」

切れ長の目を前方に向けたまま、無表情で汐音が言った。

お茶挽きとは、客がつかないことを暗に指す廓言葉だ。瑠璃は微笑をたたえた顔をぴきっと引きつらせた。

「これはまあ、言ってくれるじゃありんせんか。残念だけど、今日はわっちからお客を断っていんすよ。汐音さんこそ呼び出しなのに、お客に呼び出されなかったのでござんしょうか」

上品な微笑をできるだけ保ちながら、じろりと汐音を見る。汐音も瑠璃を冷たく横目で見て、二人の間に見えない火花が散った。

人気の一番二番を競う瑠璃と汐音は、普段から何かとそりがあわない。顔を突きあわせてはその都度、静かな睨みあいを繰り広げているのだった。

「おやめなんし、二人とも。ほら、花魁は最近まで体調を崩していたでしょう。病み上がり後も連日客を取って道中も続いてたんですし、たまには養生する日もありんしょうよ」

津笠が慌てて二人の間を取り持った。

他の遊女たちには内緒にしているが、黒雲の仕事も兼任する瑠璃は、月に一度か二度は体調不良という名目で見世を空ける。加えて客の選《え》り好みが激しく、疲れてるから、という適当かつ単純な理由で見世を休むこともしばしばだ。休みは概ね、妖との宴に当てられる。

しかし、それがあまりに続くのは喜ばしくない。よってごく稀に、普段なら一切しない張見世に駆り出されることがあるのだった。

いつもは道中姿しかお目にかかれず、馴染みになるために莫大な金子《きんす》が必要となる瑠璃が張見世に出れば、黒羽屋全体が潤う。花魁の張見世は異例であるが、逆に粋だと喜ばれた。

汐音はふっ、と冷たく鼻で笑った。

「たまには、ねえ。体が弱いからと、そのたびにゆっくりできる日を作れるなんて、いいご身分だこと。わっちらは毎日、どんなにしんどくても休みなく働いているというのに。月に何度も行水で体が重いとか何とか、本当とはとても思えない仮病《けびょう》まで使って」

「汐音さん、お客に聞こえますよ。お気持ちはわかりいすが、今はやめましょう、ね」

瑠璃が事あるごとに見世を休む、本当の理由を知っているのは、朋輩の中では津笠だけだった。幸兵衛も黙認していることだが、他の遊女にとっては不審と不満の種でしかない。そのため、ただ一人事情を知る津笠が、瑠璃と他の遊女が衝突するたびに仲立ちをしてやっていた。

「大見世の一番だというに、禿も新造も、番新《ばんしん》すらつけないで、姉女郎としての仕事は何にもしなくてよいのでしょう。花魁の地位を利用して好き放題できて、妹の世話もしないで荒稼ぎ。その分お勢以どんや錠吉さんは大変でおざんすな」

津笠の言葉を無視して、汐音はここぞとばかりに半畳《はんじょう》を入れる。

番新とは番頭新造《ばんとうしんぞう》の略で、遊女としての年季《ねんき》が明けた者がなるものだ。客を取らず、遊女の世話や馴染み客との橋渡し、相談役にもなる。番新も禿、新造と同じく、その費用は遊女がすべて負担しなければならない。

一人身を通す瑠璃の世話役は、主に遣手のお勢以や、時には錠吉が請け負っている。部屋の掃除や文の遣いなど、細々したことは双子の豊二郎と栄二郎をつかまえてやらせることが多かった。

「毎日わっちらが身銭を切って、借金までして禿たちの費用を出して、新造出しをするのなんてどれだけ大変か、花魁は知らないのでおざんしょう。身軽で羨ましゅうありんす」

「でも花魁の稼ぎって、大方おまんまと酒に消えていんすよね」

夕辻が呑気な口ぶりで、しれっと会話に入ってきた。

確かに瑠璃は生来の大食らいで、稼ぎの大半は食に消えている。酒好きの妖たちとの酒宴も自費で開いているので、夕辻の言うことは正しかった。

加えて、遊女が客を取らずに身揚がりする場合は、自らの揚げ代を見世に支払わなければならない。さらに瑠璃は、お勢以への心づけもふんだんに支払っていた。だからといって、お勢以の厳しさが和らぐことはないのだが。

「それでも遊女が持つにはありえない額を、本当はすでに貯めこんでるんじゃござんせんか？　さっさと借金を返して、大門をくぐっていくことだってできるでしょうに」

吉原の妓たちは、大抵はその身を売られてやってくる。一度売られてしまえば年季が明けるか、客に大金を出して身請けしてもらうかしなければ、大門の外に出ることは決して許されない。見世への借金をすべて返済すれば出ていくこともできるが、日々の衣裳や妹女郎の費用、他にも諸々の金子が飛んでいってしまうため、限りなく不可能に近かった。

遊女の生涯は過酷なもので、大半は年季明けの前に病や過労で倒れ、大した治療も施してもらえぬまま、その短い命を落とす。無事に年季が明けたとしても、遊女揚がりの身には世間の風当たりが強い。幼い頃から吉原の世界しか知らずに育った者が多いため、大門の外ではどう生きればいいのかわからない。好奇のまじった冷たい視線にさらされた後、働き場所も嫁ぎ先も見つからないまま、結局は吉原や他の岡場所に出戻るのはよくある話だ。

しかし瑠璃はといえば、花魁としての絶対的な人気を誇る売れっ妓であり、さらに裏稼業としての黒雲の仕事もある。任務の報酬の一割近くを瑠璃がもらう取り決めがされていて、時にはたった一回の出動で五十両もの大金を手にすることもある。育てる妹女郎もおらず、衣裳や小間物、調度品などは客が勝手に競うようにして贈ってくれるので、それらに自腹を切ることもほとんどない。

汐音の言うとおり、食費などを差し引いても瑠璃は相当の額を手元に持っているはずであり、見世への借金返済が終わっていてもおかしくなかった。

瑠璃と汐音をとりなしていた津笠も、この言い分には黙りこくってしまった。

汐音の疑問。なぜ、苦界《くがい》と揶揄《やゆ》される廓に、瑠璃は留まり続けているのか。これは黒羽屋の遊女全員の疑問でもあったのだ。

瑠璃は遊女たちの刺すような視線を無視するように、目の前に置いた螺鈿造りの煙草盆から長煙管を取り出し、火をつけた。惣籬の向こうでごった返す男たちを見ながら、無言で煙をくゆらせる。

「花魁は、廓《さと》が気に入っているんでござんすな」

津笠の前に座っていた遊女、桐弓《きりゆみ》が静寂を割った。謎めいた笑みを浮かべ、口元のほくろが色っぽい妓だ。

「まさか。いくら花魁でも、浮川竹《うきかわたけ》の身の上であることはわっちらと同じでござんしょう。それを、気に入っているだなんて」

桐弓の隣で訝しそうに言うのは、黒羽屋の中でも古参《こさん》の遊女、八槻《やつき》だった。

八槻の位は一番下の部屋持である。今年で二十五歳、年増といわれる年齢で、おそらく今後も吉原を出る望みはない。八槻にとっては、自らの意思で廓に留まることなどもってのほかだった。

汐音は冷たく言葉を紡ぐ。

「黒羽屋に来てすぐ、一番上の花魁にまで上り詰めたお方ですもの。引っ込みとしての仕込み期間もなしに、大した才能でござんす。誰からもお姫様のようにちやほやされれば、出ていきたいという気にならないのも、納得かもしれんせんな」

張見世部屋に、一層ぴりぴりとした空気が張り詰めた。

妓楼に売られた幼子の中で容姿に見込みのある者は、七歳頃から引っ込み禿として見世に目をかけられ、唄や三味線、琴、踊り、書に将棋や囲碁など、未来の売れっ妓としてどんな客でも相手できるよう、あらゆる教養を叩きこまれる。花魁は引っ込みの中でも特に秀でた者がなるのがお定まりだ。

それゆえ、十五という年齢で売られてきた瑠璃が、ましてや売られてすぐに花魁になったことは、かなり異例な大出世であった。

黒羽屋では汐音と津笠が引っ込み禿として育てられ、どちらが花魁になるか、と期待されていただけに、突然現れてその座を奪った瑠璃と汐音が犬猿の仲になるのは、当然の流れでもあった。

妓たちの会話を他人事のような顔で聞きながら、瑠璃は煙草をのんでいる。

桐弓はいたずらっぽい笑みを浮かべて言った。

「それか、遊女の仕事そのものを気に入っているのかもしれんせんな。旦那たちの心と体を癒すのにやりがいを感じる、とか」

瑠璃は煙とともに、いなすように吐き捨てた。

「そんなご大層な理由なんかありんせんよ。娑婆《しゃば》に行くのも面倒だと思うだけでござんす。金だのやりがいだの、くだらない」

張見世部屋はしん、と静まり返った。汐音は冷めた表情のまま前を向いている。

惣籬の向こうには相変わらず男たちが群がっており、指名を受けて、妓たちはちらほらと張見世部屋を後にし始めた。そのうち汐音も若い衆から声をかけられ、お先に、とだけ言って瑠璃には一瞥もくれず立ち去っていった。

冷えきった空気を変えようと、古参の八槻が口を開く。

「そういえば皆、知っていんすか？　例の五人衆、また瓦版《かわらばん》に載っていんしたよ。今度は押上にある橋で鬼退治ですって。わっちの旦那が見せてくれんした」

汐音がいなくなって少し人心地つき、気怠《けだる》そうに煙をくゆらせていた瑠璃は思わず顔をしかめた。橋の袂で震えていた二人の男を思い出す。あいつら、ちょいと強めに殴って記憶を飛ばしとけばよかったかね、などと物騒なことを考えた。

鬼を封じこめるのと同時に人よけのために結界を張ってはいても、戦闘の跡まで消し去ることはできない。邪悪な鬼を祓う黒雲の存在は江戸中に知れ渡っており、世間では英雄扱いをされていた。謎の五人衆として瓦版に載り、正体は何なのか、いかにして鬼退治をしているのかなど、様々な憶測が飛び交い、江戸町民のよき話の種となっていた。

その頭領が吉原一との呼び声高い瑠璃花魁であるなど、万が一にも知られては大事になる。そのために瑠璃は任務で特注の能面をつけ、女であることも隠すべく黒い晒《さら》しを胸にぐるぐる巻きにしていた。

がしゃに胸がないと言われたことまで芋づる式に思い出されて、あの野郎、頭かち割ってやればよかった、と苦々しく心の中で舌打ちする。

「今、千住《せんじゅ》でも鬼が出るって噂があるらしいですよお」

夕辻が瑠璃のしかめっ面に向かって朗らかに言った。

「へえ、千住で？　特に聞いたことはありんせんが」

津笠も瑠璃を見つめながら相槌を打つ。

「わっちの旦那でほら、あすこの近くで酒屋をやってる人がいるでしょう。その旦那が言ってたんですけどね、なんでも男ばかりが、腹から真っ二つになって死んでる事件が増えてるとか。しかも腹ん中の臓腑が全部引きずり出されて、道に散らばってたんですって。辻斬《つじぎ》りかとも噂されてるけど、それにしては狙われるのは男ばかりだし、金目の物は奪われてないし、おまけに傷が、刀傷とはどうも違うらしいんですよ。何か、鋭いものでえぐられたような……」

遊女たちは、津笠も含め、ぞっとしたような顔つきになっていた。何人かが、それ、わっちも聞いたことがありんす、と声を上げる。

話していて気分が乗ってきたらしく、夕辻はさらに続けた。

「どうやら殺された男たちってのが皆、同じ柄の手ぬぐいを持っていたそうなんですよ。どっかの店で配ってるものみたいでござんすが。同じ手ぬぐいを持つ男たちが、夜になるとむごい有様で殺されてる。番所が動いて下手人《げしゅにん》探しをしているそうですけど、巷《ちまた》では鬼の仕業じゃないかって」

妓たちは身震いしたり、目をつむって南無阿弥陀仏《なむあみだぶつ》を唱えたりしている。

瑠璃は朋輩たちの様子を無表情に眺めつつ、押上の橋にいた鬼を思い起こした。

あの鬼の素性は、錠吉が仕事の合間を縫って突き止めてくれていた。

鬼となった娘は、まだ十六だった。

両親《ふたおや》を早くに亡くした娘は実の姉と二人、支えあって暮らしていた。だがある時、姉は二人で貯めていた金を持ち出し、男と駆け落ちをした。あろう事か、それは娘と恋仲であり、将来を誓いあった男であった。

すべてを失った娘は、橋から独り、身を投げた。一月前に、その娘と思しき水死体が発見されていた。

恨みと哀しみが死してなお消えず、娘は鬼に成り果てた。そうして、橋を通りがかった者を無差別に川へ引きずりこみ、溺死《できし》させていたのだ。

闇を孕み、不気味に歪んだ顔。行き場のない怒りと怨念に満ちた声。

瑠璃が飛雷で貫いた時、鬼の感情が心を覆う感覚があった。

憎い。苦しい。殺させろ。呪わせろ。

——置いていかないで。

「瑠璃?」

はっと我に返ると、津笠が心配そうに瑠璃の顔をのぞきこんでいた。

ん、なんでもないさ、と瑠璃は平静を装う。

その時、豊二郎が張見世部屋の横から声をかけてきた。

「失礼しやす。津笠さん、お客さんがいらっしゃいました。どうぞこちらへ」

「え、ええすぐに」

津笠はてきぱきと手前の硯箱を片づけ、それじゃまた、と張見世部屋を後にした。

張見世が始まって半刻が経った。遊女たちは半数ほどが、各々の客が待つ座敷へと立ち去っていた。

「さぁてと。わっちもそろそろ部屋に戻ろうかね。ちゃんと張見世もしたし、お勢以どんもこれでとやかくは言わないだろ」

煙草盆を手に立ち上がる。遊女たちに、お先に、と声をかけると、夕辻のあーい、という間延びした声だけが返ってきた。

花魁が張見世部屋を出て惣籬の向こうは落胆した様子だったが、その賑わいが衰えることはなかった。

めんどくさいなあ、と独り言《ひとご》ちながら、瑠璃は丸行灯を引き寄せる。この日は身揚がりをしたので客は取らないが、馴染みの旦那衆に返さねばならない文がどっさり溜まっていた。

三ツ布団の上を見やると、炎が四つ足を無防備に投げ出してすやすや寝ている。主人の帰りを寝て過ごすとは何事だ、と文句の一つも言ってやろうとした瑠璃だったが、溜まりに溜まった文の山を見て嘆息し、大人しく仕事に取りかかることにした。

終わりが見えない文の山と格闘して四半刻ほどが経った頃、襖の向こうで瑠璃を呼ぶ声がした。

「栄か？　豊？　まあどっちでもいいや、お入り」

筆を墨《すみ》に浸しながら言うと、部屋に栄二郎が入ってきた。

栄二郎は、結界役の双子の弟である。顔は兄の豊二郎とまったく同じ造りだが、豊二郎が常に生意気そうな不機嫌面を貼りつけているのに対し、栄二郎は人好きのする、頑是《がんぜ》ない笑顔だ。

「わ、珍しい。身揚がりしたって聞いたから、てっきりもう寝てるかと思ったのに、真面目に文を書いてるなんて」

栄二郎は目を丸くして、まだあどけなさが残る顔で笑いかけた。瑠璃の隣に正座し、さらさらと文をしたためる手元をじっと見る。

「花魁っていつも達筆だよね。それにこれだけたくさん言葉が思いつくなんて、すごいなあ」

文でいかに客の心をつかむかは、遊女の大事な手練手管《てれんてくだ》の一つだ。瑠璃も慣れたもので、客の性格や好みを鑑みて、言葉が次々と浮かんでくる。無論、心にもないことばかりなのだが、そうでもないと大量の客を捌《さば》くことは難しい。

「お前、今忙しい時分だろ。こんなとこで油売ってていいのかえ」

「うーん、よくないかも。へへへ」

「へへへじゃねえよ」

吉原において花魁という位は何よりも高いものであり、それは客にとっても、妓楼で働く者にとっても同じである。酒宴の席で花魁は上座に座り、客は下座に座る。若い衆も朋輩も、場合によっては楼主でさえも、瑠璃には敬語を使うのが基本だ。

だが、まだ半人前で世間知らずな栄二郎は、持ち前のまったりとした雰囲気で、瑠璃にはまるで親しい友人にするような気楽さで接していた。

当の瑠璃も、栄二郎に敬語を使われないことは特に気にしていないようだ。

失礼しやす、と声がして、再び襖が開いた。

「あ、栄っ。やっぱりこんなとこにいやがった」

双子の片割れ、豊二郎が瑠璃への挨拶もなしに、弟を見るなり怒鳴りつけた。

「今日は錠さんと権さんがいないし、花魁が張見世して客が群がってるしで大変なのはわかってるだろ。仕事しろっ」

豊二郎は、花魁が張見世、というところだけあからさまに強調して言った。

瑠璃は片眉を上げて豊二郎を見る。

「何だい、わっちのせいで忙しいとでも言いたいのかえ。汐音さんと津笠だって呼び出しなんだから、張見世にそろってたら客も寄ってきて当然だろ。というかお前、さっき津笠を呼んだ時はでれでれしてたくせに」

「べ、別にっ。見世が賑わうのは結構なことですよ」

豊二郎はふん、と鼻を鳴らしてそっぽを向いた。

「相変わらず生意気なガキだ。反抗期も休み休みにしてくんない」

わざとらしく大きなため息をつく。

「くっ、好きなことばっか言いやがって。そもそもあんたは……」

瑠璃は小言やひやかしを言っても、栄二郎と同様、豊二郎の態度や物言い自体を叱るような素振りはなかった。

二人がいがみあっていると、またもや襖の向こうから花魁、と声がする。瑠璃が気づかずに豊二郎と言いあいをしているので、代わりに栄二郎が襖に駆け寄った。

「栄じゃないか。おい、豊まで。今日は特にすごい盛況で見世中大わらわだってのに、こんなとこで何してるんだお前らは」

部屋に入ってきた権三が双子を叱った。声は荒らげないものの、がっしりとした体つきのため十分に凄みがある。双子は悪さが見つかった幼子のように、同時にしゅんとした。

まったく、と呆れ顔でため息をつく権三の後ろから、錠吉も部屋に入ってきた。後ろ手で座敷の襖をすっと閉める。

「花魁、張見世お疲れ様でした。豊と栄もいるなら丁度いい。次の任務について話があります」

錠吉は瑠璃への労《ねぎら》いの後、すぐさま本題に入った。

「ああ、それで二人とも出かけてたのか。押上の任務から二十日と経ってないのに、もう次かよ。お内儀さんも大概、人使い荒いよなあ」

瑠璃は途端に疲れたような面持ちになる。

男四人は座敷で車座になった。

「それで、次の場所は」

瑠璃も文を書くのを中断して輪に入り、錠吉に尋ねた。

「千住です」

「千住って、まさか同じ手ぬぐいを持った男たちが、真っ二つの腑抜けにされてるのと関係がある、とか？」

「花魁、ご存知だったんですか」

権三が驚いた顔をする。

片や瑠璃はげんなりと肩を落とした。遊女たちの噂は本当だったのだ。

「まあ、死骸《おろく》の状態がひどいってんで話題になってますもんね」

「だとしても、ただの辻斬りかもしれないだろう？　鬼の仕業だって確証はあるのかえ」

「今夜その男たちが殺された場所に行ってみたんですが、提灯小僧《ちょうちんこぞう》がいたんですよ」

瑠璃は眉根を寄せた。

「提灯小僧ってえのがいるると、鬼がいるってことになるの？」

栄二郎がきょとんとした顔で権三に尋ねる。豊二郎もしかめっ面で首を傾げている。

「お前らはまだ見たことなかったか。提灯小僧ってのは妖でな、といっても花魁のまわりに集まってるような妖たちとは、少し毛色が違う。恨みを持った死人がいる場所に、夜になると提灯を持って現れるんだ。ただそれだけだし、出没するのも稀だから、さして害はないんだがな……」

「顔がないのさ」

瑠璃が言いよどむ権三に続いた。

「顔だけじゃない。体も真っ黒で、影みたいなんだ。あれは普通の妖とは何か違う。不気味なモンだよ」

豊二郎と栄二郎は顔を見あわせた。

二人は十歳の時から二年かけ、お喜久から結界の張り方を伝授されていた。黒雲の任務に参加するようになって、まだ一年も経っていない。見たこともない顔なしの異《い》形《ぎょう》を想像し、背筋が寒くなったかのように硬直していた。

「そこに立ってるってだけで、悪さはしない。ただ提灯小僧がいる場所には、鬼がいるって証《あかし》になりうるんだ」

　権三は、おびえた表情の双子を落ち着かせるように言った。

「花魁がおっしゃったように、殺された男たちは全員が同じ手ぬぐいを持っていました。共通点はむしろそこだけのようです」

　錠吉が遮られた話を元に戻し、淡々と説明する。

「それで、その手ぬぐいってのは」

「どうやら千住の近くにある米問屋、伊崎屋《いさきや》が配っているもののようです」

　錠吉は懐から綺麗に折り畳んだ手ぬぐいを一つ取り出した。手ぬぐいには、奇妙な形をした「ゐ」の字が無数に染め抜かれている。

「何だろこれ。〝ゐ〟にふさふさがついてるね」

　栄二郎が不思議そうに手ぬぐいを見つめる。

「ほんとだ。このふさふさ、稲っぽいな」

　豊二郎も手ぬぐいに見入った。瓜二つの顔がまったく同じ角度に首を傾げ、難しい顔つきで目を凝らしている。

「〝ゐ〟の先に稲穂がついてるから、ゐさき屋で、米問屋って意味だろうよ」

　瑠璃はさも大儀そうに判じ絵の説明をしてやった。双子があぁ、と同時に手を打つ。

「これで鬼をおびき寄せます。日取りは二十日後。よろしいですか」

瑠璃は、あいよお、と間の抜けた返事をしてため息をついた。

「今度は旦那方に何て言って休むことにしようかねえ」

「花魁。先ほどお内儀さんにも下調べの報告をしたんですが、今回は楢紅《ならく》を使うかもしれない、とのことでした」

斜めにうなだれ、魂の抜けた顔で休む言い訳を考えていた瑠璃は、錠吉の言葉を聞いて目を見開いた。錠吉を見やると、いつもの真面目な表情で瑠璃を正視している。

「……そうか」

瑠璃は目をそらした。その顔は眉をひそめ、怒りとも憂鬱ともとれぬ、複雑な面持ちをしていた。

布団の上で寝ていた炎が、片目を開けて五人を見た。細い猫の目が、静かに様子をうかがう。瑠璃の表情に目をやって、炎は再び眠りについた。

# 六

水無月《みなづき》の暑く湿った空気が、夏の盛りを伝えている。

江戸の男たちは川辺での夕涼みついでに近くの岡場所に流れてしまうことが多いため、この時節の吉原は一年で最も閑散《かんさん》としていた。ただでさえ夜よりも客の入りが少ない昼見世ともなれば、お茶を挽くことも自然と多くなる。それでも遊女たちは蟬《せみ》の鳴き声にうんざりしつつ、昼見世の支度にいそしまねばならなかった。

揚屋町《あげやちょう》にある湯屋から、瑠璃と津笠、夕辻の三人が、浴衣姿でそろって出てきた。瑠璃は手ぬぐいを首にかけ、端を持ってぱたぱたとあおぎながら、引かない汗にうめいている。津笠は湯屋帰りでもきっちり浴衣を着つけ、背筋をしゃんと伸ばして歩く。夕辻は肌を磨く紅絹《もみ》の糠袋《ぬかぶくろ》を左手に提げ、無邪気な顔でぷらんぷらんとまわしている。

人通りの少ない時分なら、通りを素の状態で歩いていても見咎められることはない。しっかり者の津笠を除き、他二人は江戸のおちゃっぴいよろしく、だらしない様子で黒羽屋まで戻ってきた。

「瑠璃さあ。そんなに文が溜まっちまうなら、代筆屋《だいひつや》にでも頼めばいいじゃないか」

誰が言うでもなく三人は瑠璃の部屋に集まり、風呂上がりのひと時の休息をしていた。夕辻は座敷の畳にふっくらとした脚をあらわに放り出している。

瑠璃は先ほどもひとしきり、文の多さについて二人にぼやいてきたところだった。

「わっちも何回か言ったことあるんだけど、この人ったらそれはいい、とか言って頑《かたく》なに人に任せないんだよ」

団扇《うちわ》で襟口をあおぎながら、津笠が代わりに答えた。

吉原には代筆屋という職業が存在する。その名のとおり、遊女が馴染み客に送る文を、遊女の筆跡を真似《まね》て代筆するのだ。日々慌ただしく仕事をする遊女たちは文を書く時間をなかなかとれないため、代筆屋は重宝されていた。

「瑠璃ってさ、お客の前ではしとやかでか弱い女を演じてるけど、素は変なとこで頑《がん》固《こ》だし、ふてぶてしいよね」

「誰がふてぶてしい女だ」

遠慮のない夕辻に、瑠璃は口を尖らせた。

その時、廊下から声がして、座敷の襖が開けられた。

「瑠璃花魁、おいででございましたか。唐松屋さまからの仰せで、今日もたくさん反《たん》物《もの》を仕込んで参りましたよ」

満面の笑みを浮かべた初老の男が、巨大な風呂敷を背負った若い男とともに部屋の前で一礼した。

脚をはだけていた夕辻は、急いで裾を掻きあわせ座りなおす。

「ああ、呉服屋さんかえ。いつもご苦労様でありんす」

瑠璃も後れ毛をさっと整え、しっとりとした笑みを作って呉服屋を迎え入れた。

「次の道中でお召しになる衣裳のご相談に参りました。唐松屋さまからはいつもどおり、好きなものを花魁に選んでもらうように、とのことで」

呉服屋は揉み手をしながら、若い男が降ろした大風呂敷を座敷に開く。あっという間に錦や綴織《つづれお》り、天鵞絨《ビロード》、江戸小紋や友禅、辻《つじ》が花《はな》染めなど、豪奢な反物が座敷を埋め尽くした。

「わあ、相変わらず花魁の旦那は皆、太っ腹でござんすなあ。この中からどれでも選んでいいなんて」

夕辻は目をしばたたかせた。

瑠璃の着る衣裳や簪、櫛などの小間物にかかる費用はほぼすべて、贔屓の客持ちである。遊女への贈り物は客が目利きをするものだが、瑠璃の馴染みは問屋《とんや》を向かわせ、品物の中から瑠璃に気に入ったものを選ばせていた。これは自分の好みを押しつけるより、瑠璃がいいと思ったものを身につけてもらう方が粋、という考えからきていた。

瑠璃は口元に微笑をたたえつつも、座敷に並べられたきらびやかな反物を、白けた目で見渡した。

「津笠さん、夕辻さん。見繕《みつくろ》ってくんなまし」

「またでありんすか？　花魁、たまにはご自分でお好きなものを選んでみたらどうです」

津笠は賢そうな眉をひそめ、少し呆れたように言った。

「わっちには着あわせのことはよくわかりいせんから……お二人に選んでもらった方がいい衣裳になりいすし、藤十郎さまもきっとお喜びになりりんす」

呉服屋がいる手前、困ったように笑ってみせた瑠璃だが、実のところこだわりがないのである。誰が始めたか瑠璃が品物を選ぶ仕組みになってしまったが、本当は客が見立てたものを贈ってもらう方が手間が少なくていいのに、などと思っていた。

「いいじゃござんせんか、津笠さん。ほら、この羽二重《はぶたえ》なんて綺麗な天色《あまいろ》でござんすよ。小袖に着て、仕掛の下に少し見えるようにしたら、涼しげでありんしょう」

「そうね。じゃあ色が透けて見えるように、この白藍《しらあい》の紗《しゃ》をあわせて青の濃淡《のうたん》を作ったらどうかしら。それで仕掛には、そうだわ、この江戸友禅がようござんすね」

津笠が手に取った友禅は全体的に藍色や鼠色など寒色ばかりだったが、風流な文様と落ち着いた濃淡で渋くなりすぎず、不思議な華やぎがあった。

てきぱきと衣裳を見立てていく津笠に、瑠璃と夕辻、さらには呉服屋までもが口を半開きにして感心した。

「前帯はどうしんしょう。あら、この青海波《せいがいは》なんかいいわね。しぶきのあがる滝を思わせるし。これは一越縮緬《ひとこしちりめん》でござんすか？」

「は、はい。いかにも、一級品の一越縮緬でございます」

急に話を振られた呉服屋は我に返り、慌てて揉み手を再開した。

「あ、見て津笠さん、この鉄線《てっせん》に枝垂《しだ》れ柳《やなぎ》も、乙でござんすよ」

津笠と夕辻が嬉々として反物を選び始めたので、瑠璃も一念発起したようにようやく文に取りかかった。

その後、行商の小間物屋も部屋を訪れ、こちらも津笠と夕辻に目利きを任せたので、瑠璃は何とか文の山を片づけることができた。

来客も文の仕事も一段落して、津笠が一息つくためにぬるめの茶を入れてくれた。

瑠璃は肩の凝りをほぐすように大きく伸びをする。

「津笠って、着あわせに関しては本当に玄人《くろうと》だよねえ。さすがは呉服問屋の大店、丸《まる》旗屋《はたや》の若旦那に見初められただけあるよ」

夕辻は再び脚を放り投げて、茶をすすりながら津笠を褒めた。

「佐《さ》一郎《いちろう》さま？　間夫《まぶ》になってもう一年くらいか」

瑠璃も津笠から茶を受け取った。

「もう。間夫だなんて、そんなんじゃないさ。佐一郎さまはきちんと揚げ代を払ってくれてるんだし」

間夫とは、遊女が心から惚れた男のことを指す。互いに惚れあい、よき支えになることもあるが、中には遊女に揚げ代を支払わせた上に金をせびる男も多い。悪い意味でとられることも多いため、津笠はこの呼び方をあまり好ましく思っていない。

「じゃあ情夫《いろ》でもなんでもいいけどさ。目利きの極意は、佐一郎さまから直々に仕込まれたんだろう？」

佐一郎は呉服問屋、丸旗屋の跡目である。一年ほど前から津笠を敵娼《あいかた》とし、黒羽屋に通ってきていた。

「遊び人で有名だった大店の若旦那が、初会《しょかい》からいきなり身請け話をしたって、吉原中で噂になったよな」

瑠璃はにやにやしながら津笠を見やる。一方で津笠は頰をほんのり赤く染め、慌てたように茶を飲んだ。

「わっち、初会の酒宴に同席してたんだけどさ、もうあの時はすごかったんだよ。佐一郎さま、津笠が入ってくるなり駆け寄って、皆の前でお前さんを妻にしたい、って叫んだんだから」

夕辻も瑠璃と同じくにやっと笑って津笠を見る。津笠はますます赤くなった。


大見世で遊女の馴染みとなるには、いくつかの手順が必要である。

まずは引手茶屋にかけあって遊女と会う段取りをつけ、初会となる。この時、遊女と客が会話をすることはない。遊女は置物のように上座に座って、にこりともしないのが暗黙の了解だ。その後に裏を返す、つまり二会目となる。ここで遊女と客は少しだけ会話をする。三会目でようやく馴染みとして認められ、名入りの箸を贈られて、同衾《どうきん》と相成るのだ。

ここにいたるまで茶屋や妓楼への心づけ、酒宴の費用、遣手や朋輩、幇間に芸者への祝儀、さらには三ツ布団や衣裳といった遊女への数々の贈り物など、気の遠くなるほどの金子が必要となるため、中見世や小見世ではこの流れは省略される。格を重んじる大見世であっても、呼び出し昼三の売れっ妓にしか、この儀式ともいえる形式はとられない。

黒羽屋で三番人気の津笠を敵娼にするには根性と懐具合が必要であり、それを乗り越えてこそ、粋な客として正式にお大尽扱いを受けられるのだ。

佐一郎は元々、吉原で名の知れた男であった。女子のように可愛らしい顔をした若者だが、遊びには小気味よく金を使い、出し惜しみをしない。ただこれといった敵娼は持たず、中見世や小見世を転々として豪遊していた。

だが一年前、津笠の道中に出くわし、その美しく毅然《きぜん》とした姿に一目で魅入られたらしい。引手茶屋に津笠に会いたいとかけあってきた時は、茶屋の主人も驚いたほどだ。大店の若旦那ということもあって話はとんとん拍子に進み、初会を迎えた。

引手茶屋で自分のために道中をしてきた津笠を、佐一郎は潤んだ目で見つめていた。茶屋から黒羽屋の座敷に移動し、改めて酒宴を行った時に、事は起こった。

禿や新造を引き連れた津笠が座敷に入ってくるなり、佐一郎は弾かれたように立ち上がり、津笠に駆け寄った。幇間や芸者衆がざわつき、気づいた若い衆が津笠を守るため間に入ろうとするより早く、佐一郎は津笠を強く抱きしめた。

酒宴に同席していた夕辻たちは、ぽかんとしたままその光景を眺めていた。そして佐一郎は津笠の肩を抱き、感極まったように、身請けをしたいと宣言したのだった。

座敷はどよめいた。馴染みにもなっていない、まして初会の場で身請け話をするなど論外である。佐一郎は吉原での理《ことわり》を理解しているにもかかわらず、粋とは正反対の行動に出ていた。

若い衆が我に返ったように佐一郎に駆け寄り、急いで津笠から引きはがす。

座敷がざわつく中、津笠は驚いた顔で佐一郎を見ていた。何があっても動じない大見世の売れっ妓の一人であり、中でも特に気丈といわれる津笠でも、想定外の事態だった。禿や新造も、津笠姐さま、大丈夫でありんすか、とおろおろしていた。

津笠は佐一郎から目を離さなかった。佐一郎も、若い衆に肩をがっちりつかまれたまま、津笠から目をそらさない。二人の視線は絡みあい、座敷内は次第に静まり返った。

静寂を破るように、津笠は小さく笑った。やがて慈愛に満ちた面差しで、佐一郎の目を見たまま頷く。

ようござんす、と小さいながらはっきりと発せられた言葉で、座敷は再びどよめいた。調子のいい幇間は歓声を上げて踊り始める。禿たちや若い衆は、心底びっくりしたように津笠を凝視する。

佐一郎はというと、こちらは鳩が豆鉄砲を食ったような顔になっていた。津笠はそれを見て、少女のように頰を染め、また笑ったのだった。


「あれはねえ、黒羽屋の歴史に残るよ。いんや、吉原の歴史に残るねっ」

浮かれた表情で語っていた夕辻が、珍しく生真面目な顔になり熱っぽく言った。

「もうやめとくれよ、その話は。わっちはただ、佐一郎さまの真剣な目を見て、その、いいな、と思っただけだよ」

津笠はもごもごと語尾を濁した。

結局、見世中がてんやわんやの大騒ぎになり、佐一郎は場を収めるため、妓楼を丸ごと買い占める惣仕舞《そうじまい》をすることになった。

見世の者や芸者衆は新たな伝説の誕生ともてはやし、金一分と換えられる紙花《かみばな》をまく佐一郎の顔は、晴れやかであった。

「それからは佐一郎さま、津笠のとこに通い詰めてさ。あれだけあっちの見世、こっちの見世ってふらふらしてた道楽人が、他には見向きもしないで津笠にぞっこんになったんだから、そりゃ吉原中の話題にもなるよねえ。岡惚《おかぼ》れ若旦那、なんて呼ばれちやって」

にしし、と夕辻は白い歯を見せた。

大見世としての見栄もあるため、幸兵衛はこの身請け話をすぐには承諾しなかった。しかし、佐一郎が三日と空けず黒羽屋に登楼《あが》っては祝儀もきっちり出し、身請け金も支払う余裕があろうことから、ほどなくして正式に見世の承諾を出していた。

「さすがは有名な丸旗屋のお坊ちゃま、津笠への贈り物は見事なのばっかりだよな。珍しい反物や新作の文様が入ったらすぐに贈ってきてさ。道中の評判もめっぽういいそうじゃないか」

瑠璃が言うと、津笠はまだ赤い顔でまごついた。

「おかげで津笠の着た反物は飛ぶように売れてるみたいだよ。そこは黒羽屋《うち》の三番人気、いや、衣裳に関しては瑠璃より津笠の方が人気かも？」

呑気に笑う夕辻を、津笠が慌てて諫《いさ》める。

当の瑠璃は気にしていないようで、確かにそうかもねえ、と深く頷いた。

大見世の人気遊女は、江戸市井の女たちにとっても憧れの存在である。人気が高くなればなるほど、道中で何を身につけているかは話題になり、その反物や小間物は流行の最先端を行くものとして、こぞって真似される。

「佐一郎さまが着あわせを教えるのは、やっぱり津笠を身請けして丸旗屋の女将《おかみ》にしたいからなんだよね。身請けの話は今どれくらい進んでるんだえ」

夕辻は津笠に咎められたにもかかわらず、右から左のようだ。

「まあ、そうだね……実は昨年の暮れから、丸旗屋の旦那、佐一郎さまのお父上が臥《ふ》せってしまわれたらしくて。それからは気弱になられたそうで、今年中には佐一郎さまがお店《たな》を継ぐって話になってるみたい」

「じゃあ、今年中には身請けされるんだねっ」

夕辻は自分のことのように嬉しそうだ。

「いいなあ。この三人の中で一番に大門をくぐっていくのは、津笠になるんだね」

瑠璃はそっと津笠を横目で見た。津笠は夕辻の祝福に照れくさそうに笑っている。

だが、瑠璃には津笠の声が少しくぐもり、どこか元気がないように感じられた。

いつの間にか座敷にやってきた炎が、日の当たる出窓に飛び乗っていた。猫の尻尾が左右に揺れる。外の景色を眺める後ろ姿を見て、津笠は微笑んだ。

「でもね、佐一郎さまは正式にお店を継ぐための準備で大変みたい。継ぐとなったら身を固めなきゃならないけど、わっちを落籍《ひか》して女将にするってのは、周囲の反対も少なくないって。そりゃ遊女揚がりの女が大店の女将なんて、簡単な話じゃないもの。身請け代だって馬鹿にならないわけだし」

目を伏せ、聞こえるか聞こえないかくらいのため息をつく。

「それで佐一郎さまは今、身請けのための資金集めやらまわりの説得やらに奔走されているのさ。だから登楼される回数も、前よりは減っちまってね」

「でも新しい衣裳だけは、律儀に贈ってきてるじゃないか。大店のお坊ちゃまとはいえ見上げたモンだよ。わっちの旦那衆もちったあ見習って、問屋をいちいち寄越すのはよしてくんないかね」

渋い顔をした後、瑠璃は穏やかに言った。

「今来られないのだって、津笠のためなんだろう。毎日嫌でも一緒にいることになるんだから、今くらい少し会わなくたっていいじゃねえか」

ひやかすように笑ってみせた。

「好いた人と吉原を出ていけるなんて、津笠は幸せだねえ」

瑠璃の隣では夕辻が目を潤ませている。

二人の様子を見比べてから、津笠ははにかみ、そうよね、とつぶやいた。

瑠璃が津笠と出会ったのは三年前。

津笠の生まれは東北の農村、五人兄弟の長女であったが、凶作の折、口減らし同然に女衒《ぜげん》に売られた。黒羽屋に来た時、津笠はまだ七歳だった。しかし、整った顔立ちと子どもながらの負けん気を見こまれ、引っこみ禿に選ばれた。そうして教養と売れっ妓の意気を叩きこまれ、未来の花魁候補として周囲から期待されていた。

汐音と津笠、どちらが花魁となるか、あと一月で発表されるはずだった夏の日。

黒羽屋の楼主、幸兵衛は、抱えの遊女たちを一階の大広間に呼び出した。

五十に近い歳ではあるが、快活で人当たりのよさそうな面相をした幸兵衛は、全員がそろったのを確認すると口を開いた。

「皆、よく聞いてくれ。次の花魁を誰にするかについてだが」

津笠と汐音は遊女たちの先頭に座っていた。

まだ決定まで時間がかかるんじゃなかったかしら、客の入りが少ないこの時期にお披露目をして人を呼びこもうってんじゃない、とひそひそ話す朋輩の声を後ろに聞きながら、津笠はこっそり隣の汐音を盗み見る。

汐音は緊張と自信が入りまじった顔で、楼主の言葉を待っていた。

幸兵衛は咳払いを一つし、廊下に向かって声をかける。

「瑠璃、おいで」

衣擦れの音をさせながら、一人の少女が大広間に入ってきた。

津笠はその姿を見て一瞬で目を奪われた。

少女は、息を呑むほどに美しかった。

「新入りの瑠璃だ。皆、廓のことについて色々と教えてやってほしい。次の花魁は、この瑠璃が務めることになった」

「なんですって」

汐音はがばっと立ち上がった。こめかみには青筋が立っている。他の遊女たちも突然のことに顔を見あわせ、ざわつき始めていた。嫌な空気に、津笠は居心地の悪さを感じた。

「新入りって、引っ込みでもなんでもないのに、どうしてそんな女が花魁になるって言うんですか」

「芸事の素養もそれなりにあるし、何よりこの見た目なら問題ないだろう。汐音や。お前さんと津笠には、呼び出し昼三として活躍してもらいたい」

幸兵衛は事もなげに言った。

「そんなの、納得できるわけないでしょう。津笠さんが花魁になるってんならまだしも、ずぶの素人を選ぶなんて、気でもお触れになったんじゃありんせんか」

汐音の声は怒りに震えていた。

幸兵衛は汐音の言葉を流すように、津笠に目を向ける。

「津笠。お前さんは、どうだい」

津笠は汐音や他の朋輩たちの視線が、すべて自分に向けられているのに気がついた。

「わっちは」

幸兵衛の隣に立つ美しい少女をちらりと見る。

瑠璃は自分のことで揉め事が起こっているのに、我関せずとでも言いたげな目をしていた。津笠には、その美しすぎる顔立ちに宿った暗い目が、気になった。

「わっちには、異論はありんせん」

津笠の言葉を受けて、汐音の怒りに絶望が加わったのを感じた。汐音は唇を噛みしめ、何も言わずに大広間を走り去ってしまった。

幸兵衛がぱんぱんと手を叩く。

「そんならこれで決定だ。さあ、仕事に戻ってくれ」

遊女たちは腑《ふ》に落ちない思いを抱えながらも、楼主の言葉には逆らえず、大広間を後にしていった。

それからしばらく、瑠璃はお勢以によって花魁としての修業をさせられていた。素人娘がいきなり花魁なんてできっこない、などと陰口を叩きながら、遊女たちはその修業を事あるごとに盗み見ていた。津笠も気になって、様子をのぞきに行った。

だが遊女たちの予想に反して、瑠璃の花魁としての完成度は、瞬く間に仕上がっていった。廓言葉をはじめ、三味線も琴も玄人並《くろうとなみ》、書や将棋もそつなくこなし、舞いに関しては、黒羽屋の誰もかなわないと、津笠はいたく感心した。瑠璃がまとう空気は、少女のものから見る見るうちに女のものへと変貌を遂げていた。

最も遊女たちを驚かせたのは、外八文字だった。

高下駄を履いて特殊な歩き方をする外八文字は、最低でも三年かけて会得《えとく》するものだ。津笠も汐音も、三年以上かかってやっとできるようになっていた。

ところが廊下でお勢以に手ほどきを受けた瑠璃は、高下駄を履いた一回目から、完璧な外八文字を踏んでみせた。その上、三寸が通常の歯の高さについて、もっと目立たせた方がいいんじゃありんせんか、八寸くらいとか、と発言してお勢以をも仰天させた。

瑠璃は持ち前の美貌と多方面に亘る才能で、新入りの花魁出世に異を唱える者たちを自然と黙らせていった。

一月が経ち、汐音と津笠は呼び出し昼三として見世に出始めた。時を同じくして、瑠璃の花魁としてのお披露目が行われた。

いきなり花魁に抜擢《ばってき》された瑠璃の評判はたちどころに広まり、実物を一目見ようと、黒羽屋には大勢の男が昼も夜もなく集まった。幸兵衛も鼻が高いようで、いつも瑠璃を褒めちぎっていた。

されど汐音と取り巻きの朋輩は、瑠璃に対する反発心を隠さなかった。元々、瑠璃が現れるまでは汐音の一派が遊女たちの中で絶対的な存在だったため、瑠璃は黒羽屋で完全に孤立していった。

加えて、瑠璃にはよくない噂があった。

花魁は怨霊を間夫にしている、というものである。

瑠璃は明らかな仮病で、見世をたびたび休んでいた。ある時、古参の遊女、八槻が身揚がり中の瑠璃の部屋から楽しげな声を聞き、部屋をのぞいてみた。しかしそこにいたのは瑠璃一人。壁に向かって笑いながら話しかける、花魁の姿だけがあった。

八槻はあまりの恐怖に声もなく逃げ去り、見てしまった異様な光景を朋輩に伝え

った。それからというもの、瑠璃を見る遊女たちの視線は、忌避《きひ》に近いものになってい
った。
瑠璃は客の前では艶めいた笑みを欠かさず、様々な話題に対応して客を飽きさせな
かったが、仕事以外で口を開くことはなかった。津笠は自分と同い年の瑠璃が、誰と
も関わらず、次第に瞳が陰っていくのを、どうしても放っておけなくなった。
「ねえ、瑠璃花魁。一緒に湯屋にでも行かない」
お披露目から二月が経った頃、そう話しかけると、瑠璃は驚いたように津笠を見
た。しばらく津笠をまじまじと見てから、ふいと顔を背ける。
「お気遣いは嬉しゅうござんす。ですが内湯に入るので、どうぞ他の方とお行きにな
ってくださんし」
津笠は他人行儀な物言いに軽く傷ついた。
噂を鵜呑みにした朋輩から、関わらない方がいいと忠告されていた津笠だったが、
めげずに何度か理由をつけては、瑠璃に話しかけてみた。が、瑠璃の態度は変わらな
い。やはり一匹狼を貫いていた。
段々と津笠も、瑠璃が一人でいることを望んでいるのかもしれないと思いなおし、
話しかけるのをやめた。

それからしばらく経った、ある真夜中のこと。

厠《かわや》に行った津笠が自室に戻るため階段を上がっていると、上がりきったところで何かと正面からぶつかった。

「痛っ。ああ、ごめんなんし。ぼーっとしてて……」

咄嗟に謝った津笠は、ぶつかった相手を見て言葉を失った。

「いってえ。おっと、こりゃまたすげえ美人だな。ここは目ん玉が飛び出るくれえ粒ぞろいだ。お前さん、名前は何てんだ？」

がしゃであった。

全身骸骨の姿を見て、津笠は絶句した。幼い頃に幽霊を見たことはあったが、肉のない者を見るのは生まれて初めてだった。

「な、な」

「あ、俺か？　俺はがしゃ。瑠璃の部屋で宴をしてたんだ。そうだ、お前さんもよかったら来るか？」

カタカタと陽気に話すがしゃを尻目に、津笠は廊下を走りだしていた。一番奥の部屋まで行き、襖を勢いよく開ける。

瑠璃の座敷には異形の妖たちが集まり、酒を飲み、珍妙な踊りを踊っていた。

「これは……」

今まで妖を見たことがなかった津笠は、夢でも見ているのかとひどく混乱した。しかし妖よりも、津笠の目は座敷の中心にいる瑠璃に釘づけになった。

酒に顔を赤らめ、踊る狸や怪火に向かって野次を飛ばす瑠璃は、これまで見たことのないような笑顔をしていた。

「ん?」

部屋の襖が開いているのに気づいた瑠璃は、入り口へと視線をやった。口を開けて突っ立っている津笠を見て、見る見る顔がいつもの硬い表情になっていく。

「つ、津笠さん。まさか、見えるんですか?」

瑠璃は慌てて横にいた狸をむんずとつかみ、自分の背に隠した。

「わからないけど……そう、みたい……」

人ならざる者たちを見ても、不思議と恐ろしくはなかった。部屋にあふれる和気あいあいとした空気は、津笠に温もりすら感じさせていた。

廊下から戻ってきたがしゃが、悠々と津笠の横を通りすぎる。

「へえ、お前さん、元から見える体質じゃなかったのか。てっきり瑠璃と同じかと思って声をかけちまったぜ。なんで急に見えるようになったんだろうな?」

津笠はがしゃの姿を改めて凝視した。津笠の視線ががしゃに注がれているのを見て、瑠璃は顔を引きつらせる。

「げっ、黙れこの腐れ髑髏っ。違うんです津笠さん。これは、その、勝手に集まってきちまったというか」

しどろもどろに説明する瑠璃を、津笠は口を開けたまま眺めた。が、とうとうこらえきれずに吹き出し、笑い始めた。

「え、ええと。あの、聞いていいんすか？　それより、怖くないんですか」

瑠璃は突然笑いだした津笠にどう反応していいかわからず、言葉を必死に探す。

片や津笠はひとしきり声を出して笑うと、満面の笑みを浮かべた。

「瑠璃花魁てば、ちゃんと笑うんじゃない。よかった」

「えっ……」

「今日のお客は鼾《いびき》がうるさい人でね。眠れないから、よかったらわっちもまぜとくれよ。ここにいる皆、個性的で素敵じゃない。怖くなんかないよ」

瑠璃は困惑したように妖たちを見た。妖は自分の姿が見える存在が嬉しいのか、我先にと津笠に自己紹介をしている。露葉は瑠璃に向かって満足げに頷き、瑠璃はがしゃに、お前がうろちょろしやがるからこんなことに、と蹴りをくらわせた。

こうして、津笠は瑠璃と秘密を一つ共有することになった。津笠が何かとかまってくるのを瑠璃は最初の頃こそ不審がり、面倒そうにしていたが、徐々に心を開いていった。

「あんた、あんまりわっちに関わらない方がいいんじゃないの。他の妓たちによく思われないだろ。特に汐音さんとか」

瑠璃はぶっきらぼうに言った。

「あら、そんなの平気だよ。そもそもわっちは花魁の地位に興味なかったし、荷が重いから誰かにやってもらえて、助かったと思ったくらいさ。瑠璃は華も才もあったから、もう誰もそのことに文句は言えないしね」

津笠はにこやかに答えた。

しかし、不真面目に身揚がりを繰り返す瑠璃は、見世での立場が悪くなる一方だった。その上、遊女の中でも人気の錠吉を専属の髪結い師にし、同じく何かと頼りにされている権三とも妙に仲がよいため、ますます物言わぬ批判と嫉妬が募っていた。

「瑠璃、もう少し他の人と話してみたらどう？　皆お前さんのこと、愛想がなくてお高くとまってるって勘違いしてるんだよ。わっちに話すみたいに皆と話せば、きっと誤解も解けるから」

促すように言う津笠に、瑠璃はもそもそと重い口を開いた。

「どうせ無理さ。あんたと違って、ここに来るまでも友達なんてできたためしがないんだ。何を話せばいいかなんてわかんねえよ」

瑠璃はなぜ吉原に来る前から様々な教養を持っていたのか、どんな暮らしをしてきたのか、頑なに話そうとはしなかった。津笠も、話したくないなら無理に聞くことはないと、気持ちを酌《く》んでやっていた。

「そっか。ま、わっちとしてはお前さんのこと独り占めできてるみたいで、嬉しいけどね」

そう言って笑う津笠を、瑠璃は口をすぼめ、上目遣いで見つめた。

「なんでわっちなんかにかまってくれるのさ。皆、裏でわっちのこと悪く言ってるのに」

汐音のようにあからさまな敵意を向けてくる者こそ当初より少なくなったが、それでも瑠璃は、他の遊女たちが陰で苦言を呈し、自分を疎ましく思っているであろうことを、何となく感じ取っていた。

「あはは。だって、お前さんのこと気に入っちゃったんだもん。誰かの言うことなんて関係ないさ。わっちは瑠璃のこと、大事な友達だと思ってるから」

瑠璃は目を瞬《しばた》いた。津笠の言葉を噛みしめるように、小さく頷く。

口元が、ほんの少し緩んでいた。

津笠は、瑠璃が他の遊女との接し方がわからないだけで、本当は気のいい性格だと見抜いていた。その証拠に瑠璃は、他の遊女がいる時はできるだけ津笠を避けていた。嫌われている自分と仲よくしているのを見られれば、津笠まで嫌な思いをする。津笠には、瑠璃の考えがよくわかっていた。そのため二人でいる時以外は、津笠もあえて慇懃《いんぎん》な態度をとるようにつとめていた。

瑠璃が花魁になって半年。

休憩をしている際、瑠璃の部屋の隅に見慣れない物が転がっているのを、津笠は目に留めた。瑠璃が急いで片づけようとするので、津笠は思わずその手首をつかんだ。瑠璃が手にしていたのは能面であった。哀しげな女の顔が、薄ら笑いを浮かべている。

「能が好きな旦那からもらったんだ。趣味が悪いよな」

瑠璃は適当にごまかして背を向けようとする。だが、津笠は瑠璃の手首を離さなかった。

「あのさ、それ、お前さんがちょくちょく見世を空けてるのと、関係あるのかえ」

瑠璃の目が大きく見開かれた。そこには、明らかな狼狽《ろうばい》が映っていた。

「なんでもないって」

「隠し事があったってかまやしないけど、心配なんだよ。瑠璃、たまに怪我してるし。誰かにひどいことされてるとか、何かまずいことやらされてるとか」

津笠は微かに震えていた。

「あんたには、関係ない」

瑠璃はかまわず津笠の手を振り払う。途端、津笠は小さな悲鳴を上げた。動揺していたせいで意図せず乱暴な力が入っていたのだ。

「あ……」

何をしてしまったかに気づき、振り向く。津笠は手首を押さえて俯いていた。

瑠璃は己の性分を呪った。津笠は、すでに瑠璃の中で大きな存在となっていた。

「ごめんね、強引だったよね。瑠璃が言いたくないならいいんだ。でも、辛いことがあったら、いつでも頼ってほしくて……わっちの自己満足かもしれないけど」

瑠璃は押し黙った。

本当のことは、お喜久から固く口止めされていた。それでなくとも、言えばきっと怖がらせてしまう。嫌われるかもしれない。自分を友と呼んでくれる津笠も、離れていってしまうに違いない。

しかし津笠は、正面から瑠璃の目を見て、心から案じていた。その様子に、とうとう根負けした。

瑠璃は黒雲のことを打ち明けた。

怨念が鬼となって顕現すること。五人衆として赴《おもむ》く命がけの任務。

瑠璃のような女子が危険な裏稼業をしているなど、津笠は想像だにしていなかった。とはいえ瑠璃が幼い頃から妖が見えていたこと、外八文字をすぐに修得するほど身体能力が高いことから、嘘を言っているのではないと理解できた。

「いや、そりゃびっくりするよな。わっちもいきなり鬼退治の頭領になれとかあのお内儀に言われて、意味がわからなかったもん」

瑠璃は無理に笑ってみせる。対する津笠は言葉を見つけられずにいた。

「皆が言ってるのは、あながち間違ってないんだ。花魁は怨霊を相手にしてる、ってさ。気味悪いと思って当然だ。いくら香を焚《た》きしめてみても、死臭みたいなモンが染みついちまってるのかもな」

陰る瞳を見て、津笠は無意識のうちに瑠璃の頬を包んでいた。

「な、何すんのさ急に」

津笠は瑠璃の瞳をのぞきこむように見つめた。

「瑠璃。お前さんは、お前さんのままでいいんだよ。わかったようなこと言うべきじゃないかもしれないけど、でも、きっと鬼たちも救われてるんじゃないかかな。人に言えなくたって、大丈夫」

そのまま瑠璃の顔を撫でくりまわす。

「おいっ。白粉が取れるだろうが」

瑠璃は困ったように津笠の手をつかんだ。しばらくふてくされた顔をしていたが、津笠の細指を握ったまま、やがて言った。

「なあ、津笠。金とかに困ったらわっちに言えよ。黒雲の仕事もあるから、実は結構貯まってるんだ」

真剣な顔をする瑠璃に、津笠はゆっくり頷いた。

「ありがと。でもそれ、他の人には言っちゃ駄目よ？　嫌味に取られるかもしれないから」

「あっ。そ、そっか。ごめん」

素直に謝る様子を見て、津笠は顔をほころばせた。

その後、夕辻が黒羽屋に身売りしてきた。二十歳の夕辻は、廓に来た時点で突き出しをするには薹《とう》が立っていたこと、すでにおぼこでなかったこともあって、位は部屋持に落ち着いた。ほんわかした愛嬌で可愛がられる夕辻は、元来の性分もあってか遊女たちの白い目など気にもならないようで、すぐに瑠璃とも津笠とも打ち解けて話すようになった。

津笠と夕辻は、瑠璃に対して一線を引くでもなく、取り入るでもなく、自然に接してくれる貴重な存在であった。

競いあい、見栄を張りあう大見世において、境遇も性分もまったく異なるこの二人といる時は、瑠璃も心なしか気が休まるような気がしていた。

瑠璃は長煙管をくゆらせ、煙がゆらゆら漂う天井を見つめながら、喋々《ちょうちょう》とおしゃべりに興じる津笠と夕辻の声を聞いていた。

ふと見ると、炎が横で丸くなっている。さび柄の背中を撫でながら、瑠璃の心はいつしか鬼へと馳せていた。

――なんで、体は死んでるのに、心だけが独り歩きして鬼になるんだろう。鬼になってまで浮世に留まって、たとえ恨みを晴らしても、残るのは惨めな気持ちだけじゃないのか。

——置いていかないで。

——なんで、鬼はいつも笑っているんだろう。なんで、あの不気味な顔を見ても、鬼哭を聞いても、わっちは何も感じないんだろう。

——ひとりにしないで。そばにいて、誰か……。

いや、違う、と瑠璃は自問自答した。

——わかってるくせに、本当は感じてるんだ。恐れとは違う、何か、全身の血が躍るような……。

突如、襖がすぱんと音を立てて開き、瑠璃は思念の渦から一気に引き戻された。

「あんたたち、まぁたこんなとこでくっちゃべって。今何刻だと思ってんだい。早く着替えて化粧しな、昼見世が始まるよっ」

お勢以は主に瑠璃に向かってガミガミと怒鳴った。

あれれ、もうそんな時間かえ、などと口にしながら、津笠と夕辻はそそくさと部屋を出ていってしまった。

現実に戻った瑠璃も、お勢以にこってり絞られながら、怠《だる》そうに着替えを始めたのだった。

七

観衆の熱気に包まれながら、瑠璃は優雅に外八文字を踏む。昼は閑散としていた吉原も、瑠璃の道中ともなれば賑わいを取り戻していた。

一行は江戸町一丁目の木戸をくぐり、仲之町へと進む。今日は水道尻《すいどうじり》方面、角町《すみちょう》にある引手茶屋までの、比較的長い道中だ。

円を描くように高下駄を滑らせ、柳腰をしならせて、瑠璃は視線をゆったりと左に向ける。流し目を受けた観衆はおお、と感嘆し、嫋々《じょうじょう》たる姿に釘づけになる。

ふと、瑠璃は何の気なく目を転じた先に、見たことのある男がいるのに気づいた。

——あれは確か、津笠の……。

津笠の間夫である、佐一郎だった。角町の木戸近くに立ち、瑠璃の道中を見物している。

今日は来てたんだ、津笠が喜びそうだな、と瑠璃は胸の内でぼんやり思った。

惚れ惚れと花魁の艶に当てられている男たちに紛れて、佐一郎は瑠璃と目があい、呆けたように動かない。

瑠璃はゆったりと目を細め、挑発的な微笑をたたえると、脚の動きにあわせて再び前を向いた。


この日の客は、浜町《はまちょう》で医者をしている喜一《きいち》という男だった。腕がよいと評判で、金の入りもすこぶるよい。黒羽屋にとっては上客の一人だ。

ただ、瑠璃は喜一のねちっこい性格が嫌いで、あまり乗り気ではなかった。独占欲が強く床入りでも相当しつこいため、馴染みになってもたびたび振っていたのだが、客の入りが少ないこの時期にわがままは通し抜けない。またもやお勢以にどやされて、仕方なく相手する覚悟を決めたのだった。

「この間贈った仕掛、やはりよく似あっているな。暑さに負けない熱っぽさがいいだろう」

瑠璃の座敷で、喜一は杯を片手に瑠璃の姿をなめるように見た。

衣裳や小間物は瑠璃に好きなものを選ばせる客が多い中で、喜一は自分の見立てたものを贈ってくる。瑠璃にとっては選ぶ手間が省けるので助かるといえば助かるのだが、贈られる品はえらく派手なものばかりで、少々うんざりもしていた。

この日の衣裳は卍《まんじ》つなぎに極彩色をさした仕掛、前帯は巨大な孔雀が鎮座《ちんざ》する鋸歯《きょし》文様の更紗《さらさ》。結い上げられた髪には前差しが六本、普段は着けない後差しが八本、赤い珊瑚《さんご》が南天《なんてん》の実のごとくたっぷりついた扇形簪と、瑠璃の頭はごてごての装飾で埋め尽くされている。

頭を動かすたびにずしりと重みを主張してくるそれらに、瑠璃は嫌気が差してきていた。さっさと脱ぎ捨ててしまいたかったが、本心とは裏腹に涼やかな瞳で喜一を見つめ、長い睫毛をふわりと落とす。

「お会いできるのは久しゅうござんすから、わっちの熱も、思いがけず外に出てしまったのでありんしょうか」

「可愛いことを言うじゃないか」

喜一は杯をぐっと傾けた。

「文には癪《しゃく》が起こったとあったが、もう大丈夫なのか？」

「ええ、おかげさまで。でもこう暑いと、立ちくらみも多くて。何度も予定を変えさせてしまって、ごめんなんし」

「癪には熊胆《くまのい》が効く。今度持ってこよう」

苦い薬が大嫌いな瑠璃はぎくりとした。

「もう長湯したって問題ないくらいですから、お気持ちだけで嬉しゅうござんすよ」

口をつけたひっつけ煙草を、どうぞ、と喜一に渡す。

「そうか。なら四ツ目屋薬の方がいいかもな」

「まあ、喜一さまったら」

くすくす笑い声を上げた瑠璃だったが、胸の内では、ぶっ飛ばすぞ、と唾棄《だき》していた。四ツ目屋薬とは媚薬《びやく》のことである。

喜一は笑顔の瑠璃を見て楽しそうだ。

「ああ、そうだ。さっき蔦重《つたじゅう》の店で面白い物を見つけてな」

言うと、懐から「遊女よろず見立」と書かれた本を取り出した。

「吉原の遊女を野菜や鳥、魚なんかに見立ててるんだ」

「それはまた、馬鹿らしゅうありんすな」

瑠璃は微笑みながら本をのぞきこんだ。

「草の部、鳥の部。やだわ、器の部まで」

「虫の部なんてのもあるぞ」

　下世話な内容に、瑠璃は閉口した。

「ご覧。鯨《くじら》に、唐辛子《とうがらし》だと。鯨はまだわかるが唐辛子とは、性格のことを言っているんだろうか」

「……殿方は残酷でござんすね」

「まあそう言うな。それで、肝心のお前だが」

　瑠璃の表情に気づいていない喜一は、本をぱらぱらめくっていく。

「嫌ですよ、自分が何書かれてるかなんて見たくありんせん」

「おっ、あった」

　喜一はそっぽを向く瑠璃の袖を引っ張った。瑠璃はひそかに嘆息し、仕方なく見立て本に目を戻す。

「獣の部。黒羽屋瑠璃、龍」

　瑠璃は馬鹿らしさが極まって、思わず笑ってしまった。

「呆れた。張見世部屋の絵を見ただけじゃござんせんか」

　喜一も相好《そうごう》を崩していた。つかんだ袖をたぐり寄せ、白い手を握る。

口元を覆いながら、瑠璃は斜めから喜一を見た。

「……その目だよ」

喜一は本を傍らに置き、長煙管を手に取る。

「その目が男を狂わせるんだ。今夜の道中だって、男たちは皆、勘違いを起こしたに決まってる。あの流し目はどうかと思うがなあ」

と、意味深な目で瑠璃をねめつける。

「意地悪なことをおっせえす。心に好いた女がいる殿方であれば、わっちの流し目など通じいせんよ。喜一さまだって、奥方さまがいらっしゃるんだから」

潤んだ目で少し嫌味っぽく言うと、喜一は威勢よく瑠璃の言葉を笑い飛ばした。

「それは違うな。お前は自分の持つ魅力を真にわかっていないようだ。確かに俺には、己で選んだ妻がいる。あれのことは当然愛しているさ。だがな、惚れた女がいようが妻がいようが、江戸一といわれる瑠璃花魁を目の前にして、骨抜きにならぬ男などいるわけがないだろう」

長煙管を置いたかと思うと、唐突に瑠璃の肩をぐっと抱き寄せた。瑠璃は黙ってその力に身を任せる。

「お前は不思議だ。とらえたと思ってもいつの間にかすり抜けて、まるでこの煙のようだ。ころころと笑いながら、すべてを見透かすような目をする。何を考えているかわからない。なのに、永遠に見ていたいと思ってしまう」

「わっちの考えなんて、そんなに難しいモンじゃございませんよ。試しに今何を考えているか、当ててみてくださんし」

喜一の顔を見上げる。喜一も瑠璃の瞳を見つめた。

束の間の沈黙の後、喜一はふっと目を離した。

「いや、よしておこう。野暮な答えでお前の機嫌を損ねたくはないからな」

「そんなことは、ありんせんよ」

肩を抱く喜一の手に力がこめられた。

「たとえ心に好いた女がいても、お前はそんなものを嘲笑うように軽々と越えて、心の中に巣くってしまう。それほど特別な存在なんだ。お前の美しさは男を酔わせ、惑わす力を持っている。殷《いん》王朝の妲己《だっき》伝説しかり、鳥羽《とば》上皇が惚れ抜いた玉藻前《たまものまえ》の逸話しかりだ。傾城《けいせい》とはよく言ったものだよ」

瑠璃は喜一の胸に頭を預けたまま、ふふ、と艶めいた笑い声を上げた。しかし、眼差しは無機質に赤く揺れる闇を見つめ、頭では次に来たる任務のことを考えていた。

千住は板橋《いたばし》、品川《しながわ》、内藤新宿《ないとうしんじゅく》に並び、江戸でも有名な岡場所の一つである。吉原の花魁の揚げ代に最低でも一両一文が必要とされているのに対し、千住では四百文ほどで遊ぶことができるため、懐の寂しい男たちにはありがたい場所だった。

だが、まだ賑わいを見せているはずの夜五ツにもかかわらず、表通りに店をかまえる女郎屋も飯屋もぽつぽつと灯りがついているだけで、人影がない。

辺り一帯はまるで何かの存在を恐れるように、異様な静寂に包まれていた。

草履が地を滑る音だけをさせて、一人の男が静まり返った千住の裏通りを歩いていた。肩には「ゐ」の字が入った手ぬぐいをかけている。男は急ぐでもなしに、黙々と歩を進める。

その後ろから建物の陰に隠れるようにして、能面をつけ、黒い着流しに身を包んだ瑠璃、同じく黒の着流し姿の権三、豊二郎と栄二郎の双子が、辺りの様子をうかがっていた。

「錠さん、大丈夫かなあ」

ひそひそと栄二郎がささやく。

「いくらなんでも囮《おとり》になるなんて、やっぱり危ないいんじゃねえの」

豊二郎は眉間に皺を寄せている。

「錠のことなら心配いらない。いざという時のために、錫杖を帯に挟んでるしな」

そわそわする双子をなだめるように、権三が答えた。

権三が言うとおり、四人の前を行く錠吉は三節棍《さんせつこん》となっている錫杖を折り畳んで、腰帯に忍ばせていた。

「伊崎屋の手ぬぐいを持った男しか狙われないってんだから、仕方ないだろ。もう噂が広まっちまって、人っ子一人歩いてないんだから、おびき寄せるにはこれしかないんだ。錠さんだってそう言ってたろうが」

能面をつけた瑠璃も声を落としながら、遠くを歩く錠吉の背中を見た。人通りがこれだけないなら面を外したかったのだが、万が一にも誰かに顔を見られてはならないと、錠吉と権三の反対によって渋々、装着したままにしていた。

「でも本当にこれで出るのかよ。もう、随分と経ったような気がするけど」

豊二郎がくたびれたようにため息をついた。

実はすでに一刻ほど、千住の裏通りという裏通りを忍び歩いていた。暑さも手伝い、息をひそめて後をつけるのも一苦労である。

「ごちゃごちゃ言ってないで黙って見てなっ。嫌なら吉原《さと》に帰っておねんねしてるんだね」

一向に何も起こらず、瑠璃も苛々し始めていた。

ガキ扱いすんじゃねえ、と豊二郎はいきり立つ。

「あっ。頭、見てあれ」

瑠璃と豊二郎がいがみあい、権三が仲裁をする中、ぼんやりと前方を見ていた栄二郎がいきなり声を出した。

瑠璃は栄二郎の指差す先を見た。

からくり人形のように規則正しく歩いていた錠吉が、立ち止まっている。錠吉の視線は、すぐ先の曲がり角を向いていた。

それは、辻の暗がりに立っていた。

背丈は七歳くらいの子ども。しかし、姿は影そのものだった。暗がりよりもさらに濃い影が子どもの形をしており、輪郭は闇に溶けこむようにぼやけている。手には、これまた影でできた提灯を持っていた。

「提灯小僧だ」

瑠璃がつぶやいた。

提灯小僧を初めて目の当たりにした双子の顔には、自然と緊張が走っている。

ふと、立ち止まっていた錠吉が、体勢を変えて帯に手を差しこむ仕草をした。

途端、影の提灯がぼう、と赤黒くともった。

「来るぞっ」

瑠璃が声を張り上げて全員に呼びかける。

物陰に隠れていた四人は、一斉に裏通りへ飛び出した。

つい先ほどまで蒸し暑い夏の風が吹いていたが、瑠璃はその場の空気が急激に冷えていくのを感じた。

豊二郎と栄二郎が黒扇子をかまえる。辺りに結界を張る経文を唱え始めた。

すると、空から微かな笑い声が聞こえて、一同は上を振り仰いだ。

橙《だいだい》色のおぼろ月を背にして、女が屋根の上から錠吉を見下ろしていた。足には何も履かずに素足をさらし、見た目は地味だが、身なりは整っているように見える。

しかし、その十字絣《じゅうじがすり》の小袖の腰元から裾にかけては、ぐっしょりと赤黒い色が滲《にじ》んでいた。整えられた島田髷《しまだまげ》から、後れ毛が出て風に揺れている。月を背にしているため表情は見えづらく、輪郭だけ見れば普通の女のようだ。

だが夜目が利く瑠璃には、視界の狭まった面越しにも、女の顔がはっきりと見えていた。

空洞になった眼窩《がんか》は、大きく耳元に向けて裂けた口と同様、空っぽの闇を含んでいる。額からは二寸ほどの黒い角が生え、女のまわりを覆う気は禍々しく澱《よど》んでいた。

「ああこれは、ちとまずいかもね」

瑠璃は女の姿をした鬼とそれが発する気を見て、小さく言った。能面の内の口元は不敵に笑みを浮かべているが、瞳は瞬きもせず鬼の力量を推し量っている。

一筋縄ではいかない、そう直感していた。同時に、己の心が歓喜に震えるのを感じた。

突如、鬼は耳をつんざくほどの鬼哭を発した。鬼を中心に見えない衝撃波が生まれ、空気がびりびりと揺れる。

それは怒りと哀しみ、悲鳴にも号泣にも似た叫喚であった。聞くものの心を裂き、深い闇に陥れるような、魂《たまぎ》消る声。

――カエセ、アタシ……カエセ、コロシタイ、ノロイタイ、シネ、シネ、シネ、シネ。

瑠璃たちは咄嗟《とっさ》に耳をふさいだが、鬼哭は刺すような怨念をもって、容赦なく心を蝕んできた。

平衡感覚を失い、瑠璃は思わず膝をつく。後ろを振り返ると、権三は辛うじて立っていたが、豊二郎と栄二郎は扇子を手にしたまま頭を抱え、地面にへたりこんでいた。豊二郎は肩で息をして、見開かれた目が虚ろに泳いでいる。

「豊っ。しっかりしろ」

叫んだつもりだったが、鬼哭に阻まれ声が喉から出ているのかすら怪しく、豊二郎の耳には届かない。

「頭っ」

権三の声が聞こえて、瑠璃は錠吉を見返った。

いつの間にか鬼哭は止んでいた。

瑠璃は、鬼が錠吉に襲いかかるのを見た。常人では考えられぬ動きで屋根を蹴り、錠吉に向かい飛びかかる。

錠吉も鬼哭を浴びてふらついていたが、すでに手にしていた錫杖を瞬時にかまえ、振りかざされた黒い爪を受け止めた。

しかし鬼の膂力には耐えきれず、そのまま地面に押し倒されてしまった。

「がっ……は……」

圧に押し負け、地面に組み伏せられた錠吉の眼前には、鬼の顔があった。角は錠吉の額を貫かんばかりに近い。

鬼は、捕食をせんとする蟷螂《かまきり》のように、錠吉の上に覆い被さっていた。赤黒い小袖の裾から肉感のある両脚をはだけ、錠吉の腰元に這わせていく。全身の力を振り絞って押し戻そうとする錠吉の力など取るに足らないとでもいうように、鬼はびくともしなかった。

錫杖ごと錠吉を両手で押さえつけながら、さらに顔を近づけ、ゆっくりと首を傾げて錠吉の顔をのぞきこむ。そして、三日月の形に空いた目と口を歪ませ、ニタ、と悪意に満ちた笑みを深めた。

錠吉は鬼の顔から目をそらせない。

闇を含んだ眼窩が徐々に近づいてくる。角が当たって裂けた額から、赤い球のような血が浮き出た。

刹那、錠吉の目の前にあった闇は姿を消した。地に沈められるように重かった体が軽くなる。今まで溺れていたかのごとく、肺に空気がなだれこんできた。

「見るなっ、馬鹿野郎」

瑠璃が錠吉に背を向けたまま一喝した。

権三も瑠璃の隣で金剛杵をかまえ、二人の前には鬼がよろめいている。どうやら瑠璃と権三が鬼に当て身をくらわせ、錠吉から引きはがしたようだった。

錠吉は半身を起こした。鬼の禍々しい気を直にくらって、体が震えている。困惑したように手を額に当てる。見ると、額からはわずかに血が滴っていた。

鬼は標的から引きはがされ、忌々しそうにうめく。

瑠璃は権三とともに攻撃を繰り出し始めた。

先ほどまで人の色をしていた鬼の素足は見る間に黒くなり始め、手足は完全に黒に染まろうとしていた。

瑠璃は飛雷を、権三は金剛杵を手に、攻撃を畳みかけた。権三が目いっぱいの力で鬼に打撃をくらわせ、ふらついた隙に瑠璃が斬りつける。鬼は二人の猛襲を為《な》すがままに受け、俯いたままよろめき、後ずさりしていった。腕をかざし、幼い子どもが嫌々をするような素振りを見せている。

瑠璃は鍔のない黒刀を振りながら、おかしい、と感じ始めた。

――飛雷で傷つけられないほど、硬いなんて……。

首を、胸を、腹を、脚を、すでに全身のあらゆる箇所を斬りつけていたが、その皮膚は異常に硬く、傷一つつけられないのだ。

瑠璃は横目で傍らを見やった。権三は息を切らし、歯を食いしばって鬼を殴りつけていた。攻撃の間を縫うように、今度は後ろにいる錠吉に目をやる。錠吉はまだ同じ場所で呆然としており、参戦は無理だと判断できた。

「権さん、肩借りるよっ」

瑠璃は数歩後ろに下がり、助走をつけると、自分の背丈より高い権三の左肩にひらりと飛び乗った。ぐっと身を屈めたかと思うと、勢いをつけて屋根よりも遥かに高く跳躍する。

上空で停止した一瞬の間に、ずっと後方に置いてきた豊二郎と栄二郎へ視線を走らせる。双子もまた鬼哭に当てられたまま、身動きが取れずにいた。

「ちっ」

瑠璃は下方へと視線を戻した。

体が一気に降下していく。鬼の位置を見定めると、体を丸め落下に回転をかけた。速度が増し、地面とぶつかる寸前に体勢を戻す。鬼の脳天に強烈な斬撃《ざんげき》が命中した。

鬼は無言で倒れ、瑠璃は軽やかに着地した。

「やりましたか？」

権三が息も絶え絶えに聞く。

瑠璃の腕には確かな手応えが残っていた。

「ああ……」

そう言って権三に歩み寄る。

目の前まで来て権三の顔を見ると、権三は瑠璃を見ていなかった。顔には戦慄の色が漂っている。

「後ろだっ」

権三の声に、瑠璃は背後を振り返る。

鬼が、何事もなかったかのように瑠璃の後ろに立っていた。

まずい、と思ったのも束の間、鬼は黒い腕を目にも留まらぬ速さで振りまわした。

不意を突かれた瑠璃と権三は思いきり吹き飛ばされた。地面を擦《こす》りながら何とか踏みとどまる。

「そんな、あれだけの攻撃で無傷だなんて……」

「気を抜くな、また来るぞ」

鬼は今までの受け身な姿勢から一転、驚異的な速度と膂力で二人を襲い始めた。甲高い笑い声が頭の中にまともに響いてくる。骨ごと砕かんばかりの重さで、二人に鋭い爪を何度も振り下ろす。

休みなく攻撃していた瑠璃と権三は疲弊《ひへい》し、鬼の爪を防ぐのがやっとだ。

その隙を見て、鬼は強烈な勢いで瑠璃の横っ面を張った。

「頭っ」

受けきれなかった瑠璃の体は宙に飛んだ。泥眼の面が空中で砕け散る。

ざざ、と地を擦って屈みこみながら、瑠璃は辛くも体勢を保った。辺りに土煙が舞い上がる。無防備になった左頬には、血が流れていた。

権三が瑠璃に駆け寄ろうとした時、鬼は再び鬼哭を上げた。

——シネバイイ。クルシンデ、クルシミヌイテ、シネ。

怨念は狂気を孕んでさらに混沌としていた。瑠璃の血を見て湧き上がった興奮がまじり、死へと誘う、猛り狂った快楽に包まれている。

瑠璃は頭が割れそうだった。

権三が瑠璃に向かって駆けだした足を止め、膝をつく。絶え間なく侵食してくる怨念にふらつきつつ、瑠璃は再度、後方の豊二郎と栄二郎を振り返った。

豊二郎の顔からは血の気が失せている。鬼の怨嗟《えんさ》に生気を吸われているかのようだ。瑠璃は度重なる鬼哭によって、双子の限界が近いことを察した。

一帯を囲う白い注連縄の結界が、その光を弱め始めていた。

——このままだと、結界が。

瑠璃は切り裂くような鬼哭を総身に浴びながら、すっと目を閉じた。

心の中に黒い波紋を思い浮かべる。

幾重もの輪を連ねては消え、また生まれる波紋は、ゆるやかに、黒の水面を滑っていく。生まれ、連なり、そして消える。徐々に波紋は収まっていき、水面は平らかになった。

弾んでいた呼吸が落ち着いたのを確認して、瑠璃は目を開いた。その目は何かを決心したように、冷徹な光を帯びて鬼へと向けられていた。背筋にぞく、と喜悦が走る。

「あの能面、また作りなおしてもらわなきゃねえ。そこそこ値が張るってのに、見事なまでに粉々にしてくれやがって」

立ち上がり、鬼に正面から向きなおる。

鬼は立ち上がった瑠璃を見て鬼哭を止めた。ニタニタと、恍惚の表情を浮かべている。

「皆、下がってろ」

瑠璃は短く告げた。

それを聞いた権三が急いで錠吉に駆け寄る。錠吉を肩に担ぎ上げると、瑠璃の後ろまで後退した。

瑠璃は再び目を閉じる。鬼がゆっくりと近づいてくる気配を感じた。

頰を流れる血を左手でぬぐい、地面にかざすように腕を伸ばす。指から赤い血が滴り落ちた。

両者の間を、生温かい風が吹き抜けていく。

「来い、楢紅《ならく》」

瑠璃は薄く目を開くと、地面を見下ろし、つぶやいた。

呼びかけに反応するように、地面がずぶずぶと泥のように柔くなり、次第に渦を巻き始めた。渦の中心から、ずず、と簪を差した白髪が見えたかと思うと、それはゆっくり全身を現した。

見事な仕掛を羽織った、美しい遊女であった。

黒地に緑から鮮やかな赤へと変わる、華やかな枝ぶりの楓樹《ふうじゅ》を施した絵羽《えば》。柘榴《ざくろ》と黄金の鳳凰が舞う前帯。結い上げられた髪はまじりけのない白一色で、控えめに簪や笄が差され、人形のような白い肌に赤い紅が映えている。

眉から下には頭を一周するように、紐のついた長方形の白布がくくられており、遊女の目を完全に覆い隠していた。白布の中央には「封」と書かれた赤い文字が浮き上がっている。

遊女は瑠璃を背にしてわずかに宙に浮き、口元は微笑をたたえているかに見えた。白布が風に吹かれ、微かに揺れている。

鬼は訝しげに突如として現れた遊女を見つめていたが、再び激しいうなり声とともに襲いかかってきた。

「悪いね」

瑠璃は鬼に向かって言い放つと、不穏な笑みを浮かべた。

楢紅と呼んだ遊女に近寄り、背中から抱きしめるような格好になる。楢紅の顔の右横に瑠璃の顔が並び、鬼と向きあう。

瑠璃は楢紅の肩越しから鬼を愉悦にも似た表情で見据え、左手で「封」と書かれた白布を、ゆっくりと持ち上げた。

瞬間、鬼の動きがぴたりと止まった。

鬼は楢紅の目があるべき位置を凝視して動かない。鬼の不気味な笑みは、段々と崩れていった。口元がわなわな震え、ア、ガギャ、と言葉にならない声を出す。

紛れもない恐怖が、鬼を襲っているかのようだった。

鬼は叫んだ。頭を抱え、鬼哭とは異なるつぶれた悲鳴を上げながら、悶え苦しみ身をよじる。顔を背けようとするも、縛られたように視線を楢紅から離すことができない。頭を左右に激しく振っても視線だけは縫い止められたままで、鬼は苦痛と混乱の声を漏らした。

一帯を震わす断末魔の叫びを上げたのを最後に、鬼の体は霧散した。

辺りには次第に、夏の湿った空気が戻ってくる。

瑠璃はすべてを冷ややかに見届けた後、白布を上げていた手を下ろした。体を離すと楢紅の輪郭は薄れていき、微笑を浮かべた残像も、やがて消え失せた。

路地の曲がり角を見やると、提灯小僧もいつの間にか姿を消していた。

八

「まぁた瓦版が出ちまったよ。ちゃんと結界は張られてたのに、どうやって見聞きしたっていうのかねえ」

道中の支度を終えて暇を持て余していた瑠璃は、津笠の部屋で寝転がり、瓦版と睨めっこをしていた。

千住での鬼退治の後、またも黒雲の活躍は大々的に瓦版に掲載された。瑠璃の正体を隠す能面は、悪目立ちもしてしまう。戦闘の前後、何人かによって黒の着流し姿が目撃されていたのだ。例のごとく、黒雲の鬼退治は元々の噂を基にした想像の産物であるものの、江戸中に知られるところとなっていた。

「暴れた跡はどうしたって残るんだろうし、仕方ないじゃない。それより戻ってきた時はびっくりしたよ。顔におっきな傷作ってるんだもの。花魁の顔に傷が、って楼主さまも大慌てだったしね」

津笠は鏡台の前に腰を下ろし、化粧を施している。

瑠璃はそっと頬に手を触れた。

件《くだん》の鬼につけられた傷は、確かに花魁業に差し支えるほど痛々しいものではあったが、すでに跡も残らず綺麗に治っていた。

瑠璃は昔から、身体能力とともに体の再生能力がずば抜けて高かった。炎はそれを、飛雷を扱えるくらい、瑠璃が強い力を持っていることに起因すると言っていた。

しかし、胸元にある刀傷のような跡と、そのまわりにある小さな雲のような痣だけは、幼少の頃から消えることはない。いつ、どのようについたものかも記憶にない。

黒羽屋での仕事の際は念入りに白粉を塗って隠さねばならないので、瑠璃にとっては厄介であった。

「ちょいと、そんな格好してたら、せっかく錠吉さんが結ってくれた髪が乱れっちまうよ」

津笠は後ろで寝転がっている瑠璃を振り返った。

「大丈夫だよ、錠さんの髪結いの腕はすごいんだ。ちょっとやそっと暴れたって、全然崩れねえんだもん」

錠吉と権三は、護衛役にもかかわらず瑠璃に怪我を負わせてしまったことを、気に病んでいた。特に錠吉は鬼の怨念を当てられてほとんど動けないでいた上、瑠璃にかばってもらう形になったので、己の不甲斐なさを強く恥じているようだった。

妓楼で働く男は、遊女を立て、守るために命を懸けているといっても過言ではない。それが男たちにとっての誇りでもあるのだ。文字どおり体を張って戦う黒雲の仕事ともなれば、その気持ちが強まるのは至極当然だ。

中でも真面目がすぎる錠吉は、どれだけ瑠璃に謝罪をしても足りない様子だった。この日の髪結いでも、切腹するかのような面持ちで何度目かの詫びを口にしたため、もういいってんだろ、と瑠璃は声を荒らげてしまったくらいだ。

「それで、今回の鬼退治はうまくいったのかえ」

津笠は優しく瑠璃に聞いた。

瑠璃は事の顛末を津笠に話して聞かせた。いつものように錠吉に頼んで、鬼の正体を突き止めてもらっていた。

千住に現れた鬼は、小さな女郎屋の端女郎《はしじょうろ》だった。

女は身籠《みご》っていた。

吉原では妊娠をすれば、よくても中条流《ちゅうじょうりゅう》の堕胎医を呼んで、悪い時には見世のお内儀や遣手などの素人によって腹を掻きまわされ、子どもは無理やり堕《お》ろされる。位の高い遊女であれば見世が持つ寮で養生をし、出産することもできたが、そのような扱いを受けられる者はごく少数だ。無事に産むことができても、遊女である身の上で育てることなどできるはずもなく、里子に出されることがほとんどだった。ましてや幕府公認でない岡場所で妊娠などしようものなら、忌み嫌われても仕方ないこととされていた。

件の鬼となった女も、身籠ったことが発覚するや否や、店から追い出されることになってしまった。

女は間夫であった浪人崩れの男に泣きついた。米問屋である伊崎屋の用心棒をしていた男は、将来のことを匂わせては、遊ぶ金欲しさに女にたかるような輩《やから》だった。だが、他に頼る当てなどなかった。

男は卑しいものでも見るような目つきで女の腹を思いきり蹴飛ばし、店からさっさと出ていってしまった。金づるとしての用はもう終わった、と吐き捨てて。

腹を蹴られたことで子どもは流れた。女も流産によって見る見るうちに体が弱り、間もなく死んだ。

小さな女郎屋での妓の扱いはむごいものである。楼主も男を咎めるでもなく、女の死骸を近くの寺に投げこんだだけで終いにしていた。

自身のみならず腹の赤子まで蹴り殺された女は、理性を失った鬼となった。そうして、間夫が所持していたのと同じ伊崎屋の手ぬぐいを持つ男を、片っ端から殺害していたのだった。

錠吉が聞き及んだところによると、無残に殺された男たちの中には、その浪人と思しき男がいたそうだ。

しかし、殺意の対象を仕留めた後も、鬼の怨嗟《えんさ》は止まらなかった。

事の次第を話すと、津笠は黙りこくった。瑠璃も寝たまま座敷の天井を見つめ、考えこむように口を閉ざしていた。

これまで職も年齢も関係なく、様々な鬼と対峙してきた。さりとて今回の背景には子を喪った女の重い経緯があったと知り、瑠璃は陰鬱《いんうつ》な気持ちをずっと振り払えないでいた。

——返して。私の子なの、返して……。

自分は吉原屈指の大見世の花魁。たとえうわべだけでも大切にされ、顔の傷一つで大事になるくらいだ。望めば見世を休めるし、納戸の隠し通路からいつでも大門の外に出ていける。称賛を浴び、宝物のように扱われる日々を送っている。

だが裏では、あの鬼になった女のような怨念が、知らぬうちに渦巻いているのかもしれない。

——黒羽屋《くろはや》の妓《こ》たちも、同じなんだろうか。

沈みこむような暗い感情が心をよぎる。

瑠璃は、己の立場が特殊であることを自覚していたつもりだった。しかし今回の鬼退治で、その歴然たる差異を改めて突きつけられたようで、どうにもできないやりきれなさに苛まれていた。

「恨みを晴らしたとて一体、何になるってんだ」

煮えきらない気持ちを、ぼそりと口にする。瑠璃にはどうしても解せなかった。なぜ、鬼は恨んでいた男を殺しても止まらなかったのか。どこまでも深く堕ちていきそうな笑い声、鬼哭、瑠璃の心に入りこんできた念。復讐を遂げたはずなのに、何を求め、さまよっていたのか。

虚空を渋面で見つめていた瑠璃は、まとわりつく思考を振り払うように横を向いた。

津笠は鏡に向きなおって化粧をしながら、瑠璃のぼやきを何も言わずに聞いていた。紅を品よく整った下唇につけ、鏡越しに、ごろんごろんと転がる瑠璃を眺める。

突然、瑠璃はがばっと顔を上げて鏡に見入った。鏡の中から、津笠がきょとんとした顔で見つめ返している。

「何だえ？」

玉虫色に輝く口元が、にっこりとほころぶ。瑠璃はまた仰向けになった。

「いや。なんでもない」

津笠は不思議そうな顔をしたが、化粧を再開した。

一方で瑠璃は天井を見つめたまま、心がざわつくのを感じていた。普段は一切かかない冷や汗が、細い首筋を伝う。

鏡越しに見た津笠の顔が一瞬、今まで見たことのない表情をしていたように見えたのだ。しかし、鏡の中の顔はいつもと何ら変わらなかった。瑠璃は自分の心が千住での戦い以来、不如意にぐらついているのを実感せざるをえなかった。小さくため息をつく。

「瑠璃は、鬼の心を知りたいんだね」

津笠が言葉を選びながら、ゆっくりと話しかけてきた。

瑠璃は再び鏡の方に向きなおった。津笠は子どもにするかのように、優しく瑠璃に微笑みかけている。

その笑顔を見て、瑠璃は毒気を抜かれたような気持ちになった。

別に知りたくなんかない、とぶっきらぼうに言ってそっぽを向く。

「鬼ってさ、自分の死に方と同じ方法で、殺しをするのかしら」

「え？」

唐突な発言に、瑠璃は首をひねった。

「だって、押上にいた鬼は溺死、千住の鬼は腹を裂いてたんだろう。臓腑が引きずり出されてたって夕辻も言ってたけど、もしかして赤子を探してたんじゃないかな。自分を死なせた奴、お気楽に生きてる浮世モンに報いというか、同じ苦しみを味わわせたいのかもしれないね」

殺し方の意味など、瑠璃は考えてみたことすらなかった。思慮深い津笠の意見に思わずうなる。

「そういえば権三さんに聞いたんだけど、今回は行灯部屋の幽霊を使ったんだって？」

津笠の声色は、どこか心配そうだ。

「ああ、楢紅か」

瑠璃はそうだと答えると、また憂鬱な気分へと逆戻りした。

脳裏では二年前、黒羽屋に来て一年が経った頃のことを思い出していた。


瑠璃が十五で黒羽屋に来た際、お喜久はすぐに瑠璃が潜在的に持つ力を見抜き、黒雲の頭領に任命した。最高位の花魁になることもすでに決まっていたので、瑠璃は大いに驚き、当初は困惑した。

だが一年もすると見世での生活にもだいぶ慣れ、任務にも数回出たことで、自信がついてきていた。

そんな折、昼間はどこかに出ていることの多いお喜久が、珍しく昼見世の前に瑠璃を呼び出した。そして、黒羽屋の一階にある行灯部屋へと連れていった。

行灯部屋には幽霊がいる。

瑠璃は遊女たちがする噂を、たびたび耳にしたことがあった。

仕事に不真面目だったり客に粗相をしたりすると、妓楼では決まって行灯部屋で折檻を行う。折檻の方法はかなり残酷かつ無慈悲なもので、痛めつけられた遊女が死んでしまうこともあった。

瑠璃はその実態を知っていたので、そりゃ幽霊くらい出るだろうよ、などと軽く考えていたのだが、遊女たちの怖がりようは異常にも見えた。

瑠璃が行灯部屋に入ると、お喜久は近くにいた若い衆に、しばらく誰も入れないように、と言って襖を閉めた。

もしや、いつもは見世のことに口出しをしないお内儀から直々に折檻されるのか、と瑠璃は日頃の生活態度を思い返して胸騒ぎを覚えた。

四十手前で痩せぎすだが、昔の綺麗であったろう面影を今も色濃く残すお喜久は、普段から感情を読み取ることが難しかった。その顔が陰り、険しくなっているような気がしたのだ。

「こっちにおいで」

心配をよそに、お喜久は行灯部屋の奥へと瑠璃を誘《いざな》った。

行灯部屋は薄暗く、掃除もほとんどされておらず埃っぽかった。道中のための箱提灯や張見世部屋に置かれる巨大な行灯、有明《ありあけ》行灯などがぎっしり置かれた部屋の奥には、一畳分だけ物がどかされ、床がのぞいている。床板にはよく見なければわからない程度の、小さな窪みがあった。

お喜久はその窪みに指をかけ、おもむろに引き上げる。

床はいとも簡単に持ち上がった。床下には梯子がかけられ、地下へと通じていた。

瑠璃は驚いた。自室にある地下の構造とそっくりだったからだ。

お喜久は行灯部屋にあった手燭《てしょく》に火をともすと、無言で梯子を降りていく。おいで、と再度言われて、瑠璃は不安ながらも好奇心が勝り、恐る恐る梯子を降りた。

地下にあったのは六畳ほどの小さな部屋だった。当然ながら真っ暗で、お喜久の持つ手燭の弱々しい灯りだけが頼りである。空気がやけにひんやりしていて、瑠璃は小袖の上から腕をさすった。

地下部屋には、中央に縦長の大きな箱が置いてあるのみだ。お喜久が箱に近づいていくので後を追った瑠璃は、ふと箱の中身に勘づき、立ち止まった。

「これって、棺《ひつぎ》でござんすか」

首筋に悪寒が走るのを感じた。

普通の棺桶は、死骸を膝を抱えこむ姿勢にして埋葬するため、さほど大きくはない。

だが目の前にある棺は細長く、中にいる者が、まっすぐの姿勢で横になっているのが想像できた。

棺は白木造りで、上板を載せているだけの簡素な見た目だった。上板の中央には梵字のようなものが書かれた札が、一枚だけ貼ってある。

お喜久は問いかけに答えない。黙って手燭を瑠璃に渡すと、白木の上板に手をかけた。

カタ、と音がして簡単に上板が外れる。

ほのかな灯りをかざし、棺の上から中をのぞきこんだ瑠璃は、徐々に見えだした中身に絶句した。

白髪を結い上げ、見事な衣裳を着た、美しい遊女が横たわっていた。

陶器のごとく白い肌。真っ赤な紅を差した口元は微かに笑っているようで、人形を思わせた。棺に入れられてはいるが、腐敗はしていない。棺の中で眠っているようにも見える。

しかし、生者とは異なる尋常ならざる気配を、瑠璃は感じ取っていた。全身がぞくりと粟立《あわだ》つ。

遊女の眉下には、薄赤い文字で「封」と書かれた白布が巻かれている。まるで、恐ろしいなにかを隠しているかのようだった。

「これは黒雲の頭領が鬼退治に使う、大切な傀儡《くぐつ》だ」

お喜久は沈黙を破り、静かに言った。

「式《しき》、と呼ぶこともあるがね。陰陽師《おんみょうじ》の話を聞いたことがあるだろう。魔をもって、魔を祓《はら》う。そのために使役《しえき》されるのが式だ」

しばらく言葉を失っていた瑠璃は、掠《かす》れた声で聞いた。

「これは……鬼、ですよね」

今まで見てきた鬼と似た空気を、白髪の遊女から感じていた。額に角は見当たらないが、紛れもなく鬼の気であった。

「しかも、生きている」

「そうさ」

お喜久は横たわる遊女を見下ろした。

「これは闇に没した遊女。自らの意思で地獄に心の臓を売り、贄《にえ》とすることで、生きながらにして鬼になった。いわば、生き鬼《いおに》なんだよ」

表情一つ変えずに説明する。

「あまりに強い力でね、先代の黒雲も完全に退治することはできなかった。だから封印によって力を抑え、使役することにしたんだ。これの目を見た者はどんなに力の強い鬼や妖、人でも、跡形もなく滅せられる」

お喜久はしばし置いた後、視線を落とした。

「ただし、成仏などという生易しいものではない。魂そのものが呪われ、滅びるんだ。浮世にさまようことはおろか、極楽浄土にも地獄にも行けず、ただ消え失せる。輪廻転生の輪から強制的に外されて、その存在は無にされるのさ」

瑠璃は恐怖の色を浮かべてお喜久を見た。

「こんな……」

うわ言のようにつぶやく。

――こんなことって。

鬼は、死んでなお恨みの念を遺す者がなるもの。生きたまま鬼になるなど、到底信じることができなかった。

だが、目の前にいる遊女は美しさと相反し、今まで見てきたどの鬼よりも異様で、禍々しい気を放っていた。鬼の持つ邪気と似てはいるが、触れるだけで気の病に冒されるような、瘴気《しょうき》ともいえるものだった。

黒雲頭領として少しは鬼の放つ気に慣れたはずだったが、あまりにも桁違いであった。瑠璃は心胆を寒からしめられる思いがした。

「これの名は楢紅。瑠璃、お前には楢紅と主従の契約を結び、使役してもらうよ」

予期していなかった発言に、瑠璃は思わず後ずさった。

「冗談でしょう。こんなおぞましいものを、使役だなんて。わっちは絶対に嫌です。大体、それだけ呪いの力が強いんだったら、使役するモンはどうなってしまうことか……」

震える声で訴える。地下の冷気と相まった瘴気に息苦しささえ覚え、いつしか震えが体中に達していた。

「楢紅は使役者に服従する。目を見ないようにさえすれば、危害はおよばない。鬼との戦いでは、お前と妖刀の力だけでは対処しきれないことが、必ず出てくる。お前はまだ未熟だからなおさらだ。楢紅の使役は、黒雲を守るためにも必要なんだよ」

お喜久は瑠璃のおびえる様子などには目もくれない。

「契約の方法は、この白布にお前の血で〝封〟となぞることだけだ。何事もなく無事になぞり終えれば、主従の契約は成立する」

「何事もなければばって……」

何かが起きると言われてるのと同じだ、と瑠璃は思った。

それからしばらく、瑠璃は必死に拒み続けた。しかし、お喜久は一切耳を貸そうとしなかった。

長い押し問答の末、とうとう瑠璃は楢紅と契約することを、半ば強引に承諾させられたのだった。

お喜久が帯の下に挟んでいた小刀を受け取り、瑠璃は左の手首を少しだけ切りつけた。赤い血が、白く華奢な手首に滲む。それを右手の中指ですくい、恐々《おずおず》と白布に近づけた。

生きているといっても、楢紅は息をしていなかった。恐ろしく美しい顔立ちに赤い微笑をたたえ、人形のように横たわっている。

瑠璃は「封」の字をなぞり始めた。

すると、途端に強烈な悪寒と吐き気が瑠璃を襲った。思わず右手を止め、血が流れる左手で口を押さえる。

今まで感じたことのないほど邪悪な思念が、瑠璃の中に流れこんできた。嵐のように激しく、本来なら内にあるべき感情の欠片《かけら》すら読み取れない。

一体どれだけの怨毒を含んでいるのか、それは救いようのないくらい深い闇に覆われていた。微動だにしない楢紅の艶《なま》めかしい微笑みは、瑠璃を深遠なる闇へと手招きするかのようだ。

瑠璃は見開いた目から、意図せずぼろぼろと涙を流した。呼吸は切れ切れになっていき、体中が制御できないほどに震える。あまりにも重くのしかかってくる思念に、身も心もつぶされてしまいそうだった。意識が次第に闇に埋もれていく。

その時。

――――。

瑠璃の中で懐かしい声がした。自分を呼ぶ、優しい声だった。

その声に手を引かれるように、瑠璃は闇に呑みこまれかけていた正気を取り戻した。体の震えはもう止まっていた。

呼吸を整えつつゆっくりと、慎重に右手を動かし、長い時間をかけて無事に「封」

の字を書ききった。

瑠璃の血は元の字にしっかりとなじみ、赤がより鮮明になった。

お喜久は一部始終を、表情もなく見届けていた。

こうして、瑠璃は楢紅と主従の契約を結び、使役することになったのだった。

楢紅は何者なのか。なぜ生きながらにして鬼になったのか。瑠璃がその後いくら尋ねても、お喜久は何一つ教えてくれなかった。


「今まで色んな鬼を見て、怨念に触れて、退治もしてきたけどね。主従の契約を結んだとはいえ、正直あれ以上に薄気味悪いモンはないよ」

瑠璃は津笠の座敷に寝転んだまま言った。

——千住の鬼に楢紅を使って、本当によかったんだろうか。結界が限界だったからって、他に手段はなかったのか。

重苦しさを吐き出すように、深く嘆息する。

——いいや、わっちはきっと楢紅を使いたかったんだ。鬼の、苦しむ顔を見たいがために。どうして、わっちは……鬼を痛めつけることに、悦びを感じるんだろう。こんな感情、どうかしてるってわかってるのに、なんで……。

津笠は化粧を終えた美しい遊女の顔で、瑠璃の横顔を黙って見つめていた。

九

昼七ツを過ぎ、吉原に夕暮れが訪れる。瑠璃の座敷にはぽつり、ぽつりと妖たちが集まってきていた。

山姥の露葉、髑髏のがしゃ、信楽焼の付喪神であるお恋、袖引き小僧の長助が、座敷に錦絵を広げ、やいのやいのと騒いでいる。猫又の白も顔を出していたが、油坊が山から下りてきていないと知るや、酒がない上にまた道中に引っ張り出されてはごめんだと、瑠璃に見つかる前にこっそり逃げ出していた。

「ほら、見てごらんな。瑠璃の新しい絵が刷られたってんで、店先から一枚いただいてきたんだよ」

露葉は盗みを働いたことをさらりと白状したが、気に留める妖はいない。姿の見えない妖にとって、気になるものをくすねてくることは日常茶飯事であった。

「どうだい、北尾《きたお》政演《まさのぶ》先生の作だってさ」

吉原で絶大な人気を誇る瑠璃は、様々な絵師によって競うように姿を描かれていた。

錦絵に描かれた瑠璃は、色彩豊かな衣裳に身を包み、高下駄を履いて一人で仲之町に佇んでいる。裾は風を受けたように涼しげになびき、しっとりとした笑みと流し目が印象的だ。

「うわあ、きれえですねえ。花魁の雰囲気がよく出てますよ」

狸姿のお恋は目を輝かせ、身を乗り出すようにして錦絵に見入った。ふさふさした茶色の尻尾が、興奮気味に揺れている。

「そうかあ？　あんま似てねえけど。瑠璃はもっとこう、きっつい感じだろ」

頭蓋骨だけのがしゃがカタカタと口を挟む。

言い終わるが早いか、がしゃは背後から瑠璃につかまれ、三ツ布団に向かって力任せにぶん投げられた。頭蓋骨が深々と布団にめりこむ。

「ぎゃあ、何すんでい」

がしゃに仕返しをしてすっきりした瑠璃は、ぱんぱんと手を払った。

「錦絵なんて似てないのが普通だろ。衣裳は確かに、前着たものに似てるけどさ」

「ふふ。瑠璃、少しはいつもの調子に戻ってきたみたいだね」

露葉が安堵したように微笑んだ。

千住での鬼退治を終えてからどことなくぼんやりしていた瑠璃を、露葉は気にかけていたのだった。

妖は全員、瑠璃を食い入るように見た。

普段から呼ばれなくとも部屋に遊びに来る妖たちは、それぞれ表現方法は違えど、てんでに瑠璃を心配していたようだ。

瑠璃はふん、と仏頂面で腰を下ろした。

「こないだは楢紅を使ったから、ちと疲れてただけさね」

主従の契約によって楢紅を召喚することができる瑠璃だったが、強すぎる呪いの力を使役するのには、激しい心身の消耗が伴う。

顔に負った傷のこともあり、千住での戦闘の後、見世に完全に復帰するのに五日もかかってしまったのだった。

「妖刀にしろ行灯部屋の生き鬼にしろ、お前はおっかねえモンばっかり持ってるのな」

がしゃがどういう仕組みか、頭蓋骨の姿で毬《まり》のように跳ねながら、座敷へと戻ってきた。瑠璃は眉をひそめる。

「骨だけのお前に言われたかないよ」

がしゃは笑ってそのまま無遠慮に、瑠璃の膝上に収まった。

「この前の鬼は、岡場所の女郎の成れの果てだったんだろ。楢紅を使うのもそうだが、お前さんにとっちゃしんどいことだったろうさ」

露葉が気遣うように瑠璃の顔を見る。

「遊女ってさ、死ぬと蝶になるって言われてるよね。その女《ひと》は蝶になれなかったのかなあ」

長助の言葉に、お恋は目を輝かせた。

「そうなんですかっ。じゃあ花魁が死んだら、さぞや綺麗な蝶になるんでしょうね」

「縁起でもないこと言うんじゃねえよ」

瑠璃はお恋をぎろりと睨んだ。お恋はしまった、という顔で即座に縮み上がる。

「かか、瑠璃は殺されたって死ぬタマじゃねえよ。妖にでもなって、俺らの仲間入りするんじゃねえの？」

がしゃが笑いながら言うので、瑠璃は膝上にげんこつをくらわせた。

「わあ、そしたら楽しそうですね。あ、でも、そうなったらこの部屋は花魁のものじゃなくなっちゃいますよね。どこに集まったらいいでしょう」

お恋の的外れな問いに瑠璃はどっと疲れを覚え、突っこもうと開きかけた口を閉じた。

「遊女が死んで蝶になるというのは、あくまで伝説じゃ。本当にそうなったら、廓は蝶だらけになってしまうじゃろうが」

大きな欠伸をしながら、奥から炎がやってきた。どうやら納戸で昼寝をしていたようだ。長助の隣に歩いてきて、錦絵をじっと見ながら香箱座《こうばこずわ》りをした。

「花魁、入るよお」

廊下から声が一つしたかと思うと、襖が開いて栄二郎が座敷に入ってきた。集まっている妖たちを見て目を丸くする。

「皆、また来てたんだね。花魁はほんとに人気者だなあ」

にこにこしながら文の束を差し出す。

「はい。文屋《ふみや》さんから預かっておいたよ。また返事を出さなきゃだね」

「うわ、またこんなに。しばらく休んでた分も溜まってるってのに」

瑠璃は倦《う》み果てた顔をして、嫌々ながらに束を受け取った。またも始まる文との格闘を考え、放心状態になる。

「あっ。露葉さん、それって新しい錦絵？」

現実逃避中の瑠璃を尻目に、栄二郎は目ざとく錦絵を見つけた。

「そうさ。刷り上がったばっかりみたいだけど、もう売り切れ寸前だったんだよ」

露葉の口ぶりはどこか自慢げだ。

「綺麗だねえ。政演先生の絵かな」

「んなっ。栄二郎さん、見ただけで誰が描いたかわかるんですか」

びっくりしたようにお恋が尋ねる。栄二郎は大きく頷いて顔をほころばせた。

名前が書いてあるじゃねえか、と茶々を入れたがしゃに、瑠璃は無言で手刀を叩きこんだ。

「栄二郎は絵の天才なんだよ。ここの張見世部屋に龍の絵が描かれてるの、知ってるだろう。あれは栄二郎が描いたのさ」

「ええっ」

狸はさらに面食らった。

「あんな立派な龍を。すごいすごいっ。誰に弟子入りしてるんですか？」

「ううん、教わってはないんだ。小さい頃から地面に落書きとかしてて。あの龍はなんかこう、描いてみたらああなったっていうか」

「ここの楼主が栄二郎の落書きを見て、これは才能の塊だって、張見世の絵を一新するのを任せたんだってさ。確か、瑠璃が来てすぐのことじゃなかったかね。だから栄二郎が十の時か」

露葉が言葉足らずな栄二郎の説明を、丁寧に補足してやる。

「ひぇぇっ」

長助は、びっくりしすぎるとまた信楽焼に戻るんじゃないかなあ、などと思いながら、白目を剝いた傍らの狸をぼおっと見つめている。

「栄二郎も瑠璃を描いてみたらいいじゃねえか。いつもよく見てるお前なら、いい具合に描けるだろ」

瑠璃の膝に収まったがしゃが言う。

「それもそうじゃのう。栄二郎よ、お前さん、まだ瑠璃は描いたことがないのであろう？」

炎もがしゃの提案に乗ってきた。

「どうせなら、わじるしを描いてみるってのはどうだ。瑠璃の人気とお前の腕なら、飛ぶように売れるだろうよ」

わじるしとは春画のことである。

楽しげに笑うがしゃの頭上からぐわ、と瑠璃の手が下りてきた。目の窪みに指をかけられたかと思うと、次の瞬間、がしゃは開いた窓から空に向かって、光の速さでぶん投げられた。

「あぁぁ……」

頭蓋骨は情けない悲鳴を上げながら、見事な放物線を描き、夕暮れの彼方へと消えていった。

座敷にいた一同はおぉ、とか、あぁ、とか感嘆しながら窓の外を眺めている。栄二郎は照れているのか、ほんのり赤くなっていた。

瑠璃は一仕事終えたと言わんばかりに息を吐いて、再び手をぱんぱんと払う。

そこに、がしゃの悲痛な叫びを聞きつけた豊二郎がやってきた。

「おい、何の騒ぎだよ……あっ、また夜見世前の忙しい時にぐだぐだしてやがる」

たむろする妖や広げられた錦絵を見た豊二郎は顔をしかめた。

「お前は遣手婆《やりてばばあ》かっての」

瑠璃の突っこみを無視して、豊二郎は弟に向きなおった。

「栄っ。お前までまたこんなとこで怠けやがって。錠さんがお前のこと探してたぞ」

「ごめん、兄さん」

栄二郎はしょんぼりとうなだれた。

「いつも何かってえと、ここに居座って。お前も喜助見習いの身なんだから、遊女の部屋でのんびりするのが仕事に障るってことくらい、わかるだろっ」

双子の兄に盛大に怒鳴られ、栄二郎は目に涙を浮かべた。露葉が慌てて栄二郎の肩をさすってやる。

瑠璃は立ち上がったままため息をついた。

「そんなでかい声出すことないだろう。お前はなんでもかんでも目くじら立てて、どんだけ虫の居所が悪いってんだい。ただでさえいつもしかめっ面なのに、そんな眉間に皺作ってたら、お客まで怖がっちまうよ」

すると、豊二郎は弟を睨みつけていた目を瑠璃へと向けた。

「うるせえよ。大体、あんたが図に乗ってるからいけねえんだ。他の姐さんらが忙しく客を取ってる時だって、簡単に休んで妖と遊んで。そうやってふらふらしてるから、栄を甘やかしちまうんだよ」

瑠璃は片眉を吊り上げた。

「……お前、誰に向かって口利いてると思ってるんだえ。わっちが図に乗ってるだって？」

栄二郎と妖たちは瑠璃の静かな怒りを感じ取り、おろおろし始めた。炎も瞳孔を細くして、二人のやり取りを見つめている。

「ああ、そのままの意味だよ。花魁だからってもてはやされて、さんざ好き放題して、その上黒雲の頭なんか気取って。錠さんと権さんに、大概のことは任せっきりのくせに」

豊二郎は蔑むような目つきで、畳の上に広げられた錦絵を見た。

「そんな色とりどりの錦絵にも描かれて、さぞいい気分だろうな。でもこんなの、あんたにはちっとも似てやしない。誰が描いたって同じさ、だってあんたは人じゃねえ。いくら人の面を被ってても、中身は鬼なんかよりよっぽど質《たち》が悪いんだから。本当の鬼はどっちだ、って話だよ」

「何だと?」

「千住の鬼だって、いとも簡単に殺しちまった。しかも楢紅を使って、地獄より辛い責め苦にあわせたんだ。自分と同じ境遇の女だったのに」

豊二郎はさらにまくし立てた。口の端を歪ませ、蔑んだ顔を再び瑠璃に向ける。

「あんたは鬼を殺すのを楽しんでるんだろ。いつも鬼退治の時は愉快そうだもんなあ? あの時だって、あんたは鬼が苦しんでるのを見ながらほくそ笑んでた。自分は吉原で最高級の呼び出し昼三で姫様のように扱われて、かたや岡場所の、ましてや端女郎だ」

瑠璃は口を閉ざした。その顔からは表情が失せ、冷えた眼差しで豊二郎を見下ろしている。

「こないだ津笠さんの部屋で話してるのが聞こえたぜ。鬼を殺すことに何の躊躇《ためら》いもないくせに、鬼の心が知りたいだなんて、しおらしいこと言ってみせて。そんな振りなんてやめちまえよ。あんたなんかに、苦界に身を落とした女たちの本当の気持ちがわかるもんか。鬼になった奴らの心がわかるもんか」

豊二郎は叫ぶように吐き捨てると、部屋を飛び出していった。

栄二郎はその背中と瑠璃の横顔をあたふたと見比べていたが、やがて兄の後を走って追いかけていった。

座敷は水を打ったように静まり返った。

「……瑠璃、気にすることはないよ」

露葉が言葉に迷いながら、そっと言った。

瑠璃は無表情のままだ。

頰に手を当て、露葉は思案げに言葉を重ねる。

「豊二郎と栄二郎の母親って、浄念河岸《じょうねんがし》の鉄砲女郎《てっぽうじょうろ》だったんだろう？　千住にいた鬼と自分の母親とを、重ねて見ちまったのかもしれないね」

吉原の両端にある東の羅生門《らしようもん》河岸、西の浄念河岸では、鉄砲女郎と呼ばれる最下級の女郎が客を引き、線香一本が燃え尽きるまでの時間を百文で売っていた。

豊二郎と栄二郎は、鬼になってしまった鉄砲女郎から生まれ落ちた子どもである。身寄りのない双子は黒羽屋で引き取られることになり、お喜久との間に子がいない幸兵衛に、我が子同然に可愛がられて育った。幸兵衛は双子を正式な養子としたく考えていた。しかしお喜久は、双子の血縁をもって強力な結界を張れる二人を、あくまでも黒雲の構成員として扱っていた。

弟の栄二郎は穏やかであるが、兄の豊二郎は正反対の性格だった。特に瑠璃が黒雲の頭領であることが気に入らないらしく、噛みつくような態度ばかりとっていた。それが証拠に、豊二郎が瑠璃を頭と呼んだことは、今まで一度もない。

「あの双子は廓で生まれ、廓の妓たちを見て育った。おまけに母親は、鬼になった女じゃ。弟の栄二郎は楽天家じゃが、豊二郎はそれ、色々と考えすぎなことも多いからのう」

炎が瞬きをしながら、誰にともなく言う。

瑠璃は目を閉じ、小さく嘆息した。

「お前たち、悪かったね。せっかく来てくれたのに、みっともないとこ見せちまった。気を悪くしないでおくんな」

「いえ、いえいえっ」

お恋が手をぶんぶん振ってみせる。瑠璃はそれを見て表情を少し和らげた。

「あんなに怒って、おいらが見えなくなったら寂しいなあ」

長助の口調は相変わらず緩い。

「見えなくなったらって？」

「ほら、おいらって、袖引き小僧だからさあ」

「……はい？」

一同は謎々を解くような面持ちで長助を見ていたが、しばらくしてお恋がぽん、と手を打った。

「あ、そうか。袖引き小僧は見る力を持つ中でも、心の清らかな者にしか姿が見えないんでしたっけ」

「そうなのか？」

瑠璃にとっては初耳だった。

そうだよお、と長助は巨大な顔面いっぱいに笑みを作る。

「だから、花魁は、大丈夫」

長助の言葉に、瑠璃は意表を突かれた思いがした。ほっかむりをした顔をとっくり眺める。そのうちにっと口角を上げ、そうかえ、と短く言った。

瑠璃の笑顔を見て、妖たちはほっとした表情になる。

「てえことは、見えなくなったら大丈夫じゃないってことかよ」

瑠璃が自嘲気味に笑って、座敷はようやく和やかな空気に戻った。

案じてくれた妖たちに、瑠璃は心の内で感謝した。ただ同時に、豊二郎に言われたことが、澱《おり》のように胸に沈んでいくのも感じていた。

「あ、そういえば」

何かを思い出したのか、長助はまた口を開く。

顔に違わずのんびり屋の長助が、ぼんやりしたまま天井を見つめているので、露葉がしびれを切らして突っついた。

「そうそう、昨日ね、張見世部屋を横から見てて、花魁の友達の袖をちょいと引っ張ってみたんだけどさ」

「おいおい、勘弁してくれよ。客の中に見える奴がいたらどうすんだい」

瑠璃は呆れて横やりを入れた。妖が遊女にちょっかいを出して騒ぎにでもなれば、お叱りを受けるのは間違いなく瑠璃である。

長助は悪びれる様子もなく笑っている。

「そんで、友達って誰のことだえ。津笠か、夕辻?」

朋輩の名を挙げてみる。友達として考えられるのは、この二人しかいなかった。

すると長助は間の抜けた声を出した。

「あ。そうだ、津笠だよ。そんでね、津笠の袖をちょいと引っ張ってみたんだけどね、前を向いたまんま、全然おいらに気づいてくれなかったんだ」

悩ましげに、はふぅ、と吐息を漏らす。呑気な顔にあわない物憂げなため息が妙に滑稽で、一同はぶっと吹き出した。

長助は意に介さず続ける。

「もしかして、せっちん、行きたかったのかなあ」

あはは、と瑠璃は思わず声を出して笑った。

「昨日は確か、間夫の佐一郎さまが来たから張見世も早々に引き上げたって、夕辻が言ってたっけ」

佐一郎はこのところ連日のように、黒羽屋に登楼していた。

夕辻は嬉しがらせるために津笠の尻を叩いてやったそうだ。遊女が尻をはたかれると客がつかないと言われているため、間夫が来た時は朋輩がわざと叩いてやることがあるのだ。津笠ははにかむように笑っていたという。

「好いた男がいつ来るかって気もそぞろで、お前が袖を引っ張ってもそれどころじゃなかったんだろうよ。前は身請けの支度やらに忙しくてなかなか会えないってぼやいてたから、いよいよ本格的な段取りがついたのかもな」

津笠の嬉しそうな顔を思い浮かべる。寒々としていた心が、自然に溶けていく心持ちがした。

「ちょいと、津笠って間夫がいたのかい？　しかも身請け話まで？」

露葉が突然、ぐっと身を乗り出してきた。

「く、詳しく聞かせてくださいよっ」

お恋も興味津々になっている。妖でも、女の恋心が格好の話題であることは人と変わらないようだ。

「あいあい、また今度な。もうさすがに支度しないと、今度はお勢以どんに怒鳴られちまうからね」

露葉とお恋はいかにも不満そうな声を漏らした。瑠璃は笑いながら、道中の支度に取りかかった。

朱金だった空はすっかり暗くなり、窓の外はすでに吉原の赤で染まり始めている。

――明日の朝にでも、佐一郎さまとの首尾を聞いてみるかね。

仕掛を羽織りつつ、瑠璃は思った。

しかし、それが叶うことは永劫《えいごう》なかった。

津笠はその夜、黒羽屋から忽然と姿を消してしまったのだった。

十

「どういうことだよっ、いなくなったたって」

瑠璃は声を荒らげて権三に詰め寄った。

この日の朝はいつも瑠璃を叩き起こしにくるお勢以が来なかったため、長寝を決めこんでいた。騒がしい様子に目が覚め部屋を出ると、見世の中は騒然としていた。ただならぬ事態を察して夕辻をつかまえたところ、夕辻は真っ青な顔をして、津笠が消えたことを瑠璃に伝えたのだった。

売れっ妓である津笠の失踪は、すぐに吉原中に知れ渡った。楼主、幸兵衛のうろたえようは並でなく、黒羽屋の若い衆は総出で捜索にあたることとなった。

抱えの遊女はもちろん、住みこみの針女《おはり》や内芸者にも徹底的に聞き取りが行われ、黒羽屋は物々しい雰囲気に包まれていた。

瑠璃の部屋には権三が話をしにやってきていた。

「それがどうにもわからないんで、こうして皆に話を聞いているんでさ」

権三は暗い顔で言った。

「津笠さんはいつも朝が早くて、ひまりが一番乗りで朝餉を取りに来るくらいなんです。でも、今朝はなかなか起きてこないんで布団の間をのぞいたら、消えていたそうで」

ひまりは、津笠が抱える禿の一人である。

「ひまりは隣の座敷で寝てたから、津笠さんが厠に行く時だってすぐに気づくはずだ。なのに、昨晩はそんな様子もまったくなかったらしいんです」

「馬鹿な。不寝番《ねずのばん》は津笠の姿を確認してたのか」

不寝番とは、遊女の部屋に行灯の油を差してまわる役だ。客との床入りの最中でもおかまいなしに部屋に入ることが許されており、客と遊女との間に揉め事がないか見張る仕事でもある。

「昨夜は栄二郎が不寝番を務めてました。相手の旦那が帰る時に、行灯はもう消してあるから、たまには朝までゆっくり寝させてやってくれと言われたようで、あえて部屋の確認はしなかったそうです」

瑠璃は苦い表情を浮かべた。

「昨日の客って、また佐一郎さまだろ」

「ええ。ここ最近は毎日、津笠さんに会いにいらしてましたから。床入りの際、津笠さんはせっかくだから二人きりにしてほしいと、お付きの禿や新造を部屋から出したそうです」

半刻ほどして部屋に戻ったひまりは、三ツ布団が大きく盛り上がっているのを見た。津笠はすでに、疲れて寝てしまったようだった。

「座敷で丸旗屋の若旦那が、一人で飲んでいたと言っていました。その後、若旦那は確かに引け四ツ前に一人で帰ってる。番頭《ばんとう》の伊平《いへい》さんもその姿を確認してます」

権三は低い声で続けた。

「津笠さんは真面目な方ですから、お客より先に寝ちまうなんて考えにくいんですがね。でも、もしかしたら思うところがあって足抜けをしたんじゃないかと、楼主さまは疑ってらっしゃいます」

「足抜けなんて、津笠がするわけないだろっ。今年中には佐一郎さまに落籍《ひか》してもらうって言ってたんだから」

瑠璃は思わず気色ばんだ。権三を責めても仕方がないとわかっていても、突如として起こった津笠の失踪に混乱し、冷静さを欠いていた。

遊女が見世を逃げ出すことは大罪である。追手から逃げきれることなどごく稀で、大抵は大門をくぐる前に見つかり、足抜けを唆《そそのか》した男とともに折檻を受けることは免れない。

「……そうですね。津笠さんの部屋も隅々まで調べたんですが、変わったことといえば、津笠さんが着ていた衣裳が、長襦袢も含めてすべて衣桁にかけられていたことくらいで。ただ若旦那が間夫だってんなら、それもわかるんですが」

大見世の遊女は、客との同衾の際でも着物をすべて脱ぐことはない。丸裸をさらすのは、惚れた間夫にだけであった。

「他にいつもと違うことはなかったのかえ」

「部屋に津笠さんの持ち物でない壺《つぼ》が一つあったんですが、どうやら若旦那が呼んだ幇間が、まわし芸に使っている壺を忘れていったものみたいです」

「遊女の部屋に幇間を呼んだのか？」

瑠璃は眉をひそめた。

聞けば佐一郎には、黒羽屋に通う前から贔屓にしていた幇間と芸者がいたらしい。

ひまりが部屋に戻った時、一人飲みも飽いたから見番まで二人を呼びに行ってくれ、と佐一郎から文を持たされた。そうして幇間と芸者を連れてきた後、ひまりはすぐに見番へ向かった。以前にも同じことがあったため、また部屋を退出したそうだ。

「その二人も、若旦那が帰る前に見世を出てます」

瑠璃は神妙な面持ちで権三の話を聞いていた。

「部屋を調べた時に、桐簞笥の抽斗に隠し底が見つかりました。今まで貯めてきたんでしょう、金が入っていましたよ。禿のいる座敷を通らないと部屋から出られないわけだし、金も置いたままだし、足抜けの可能性は確かに低いと思います。もちろん四郎兵衛《しろべえ》会所にも知らせましたが、津笠さんが大門をくぐった様子はありませんでした」

権三はここまで一気に言うと口をつぐんだ。そして一呼吸を置き、顔を曇らせて言った。

「花魁。相対死《あいたいじに》は、考えられないでしょうか」

「なっ……」

瑠璃は一瞬、権三が何を言っているのかわからなかった。

相対死とはつまり、心中のことである。現世で結ばれない二人が世を儚み、来世で一緒になることを誓いあって命を絶つ。相対死も足抜けと同様、失敗すれば厳しい折檻にあう定めだ。

「何を言うんだいっ。そんなこと、ありえるはずがない。第一、若旦那は生きてるんだろう」

瑠璃の言うとおり、佐一郎は生きていた。幸兵衛が若い衆を丸旗屋へ遣いにやって、昨夜の様子を聞きに行っている最中であった。

津笠の部屋には相対死に用いる凶器はおろか、争ったような跡も、血の一滴すらない。いつもとまったく同じ有様で、部屋の主だけが姿を消してしまっていた。

「若旦那の他に想い人がいたとか、そんな話は」

権三は激昂する瑠璃を見つめ、冷静に問いを重ねる。だがこわばった顔からは、聞き取りの役を果たすために感情を殺しているのが見てとれた。

「そんなのいないよ。津笠は佐一郎さまに心底惚れこんでたんだ」

瑠璃は大きく舌打ちをした。権三の様子を見て少し落ち着きを取り戻してはいたが、苛立ちは募るばかりだった。

「花魁は、若旦那と話したことはありますかい」

「わっちが？　ないよ。何度か見たことあるってだけさ。なんでそんなこと聞くんだ」

いいえ、とだけ短く言って、権三は津笠の最近の様子や仕事ぶりなどについて、瑠璃に質問を続けた。

一通りの問答をした後、権三は大きな肩を落として、部屋を去っていった。

瑠璃は長煙管に火をつけ、力任せに煙を吐く。

津笠は惚れあった相手とともに、晴れて見世を出ていくはずだった。佐一郎が黒羽屋に登楼する回数は当初より減っていたものの、ここ数日は続けて津笠に会いに来ており、来られない時でもこまめに衣裳の贈り物を寄越してきていた。わざわざ足抜けをする必要性がないのだ。

瑠璃は、佐一郎に贈られた仕掛を羽織り、心から嬉しそうに笑う津笠の顔を思い出した。誇らしげに背筋を伸ばし、立派に道中をしていたあの姿。

いつの間にやらそばに来ていた炎の背中を撫でながら、瑠璃は思案を巡らせる。津笠のように情が深く芯が通った女に限って、相対死のように刹那的な真似をするとも考えられなかった。

心にさざ波が立つような、嫌な感覚が胸中をよぎる。ふと、古傷が疼《うず》くのを感じて、瑠璃は胸元に手をやった。

奥では心の臓が、どくどくと騒がしく脈打っている。

戸惑う様子を見て、炎は何も言わずに瑠璃の膝に頭をこすりつけた。

——津笠。あんた、一体どこに行っちまったんだい。足抜けだろうが何だろうが、折檻なんて絶対に受けさせない、わっちが必ず守るから、だから早く戻ってきてくれよ……。

噂を聞きつけた馴染みの客や野次馬が黒羽屋に押しかけてきたが、見世の者たちは津笠は風邪でしばらく休む、とだけ告げて、その他は一切語らなかった。

瑠璃も花魁としていつもと同じように道中をし、客を取らねばならない。しかし、何をしていても津笠のことが頭から離れず、不可解な胸の疼きも頻繁に起こるようになった。

心配した夕辻が、そのうちひょっこり帰ってくるさ、と瑠璃の背中を優しくさすって慰めたが、夕辻も津笠のことが気がかりでたまらないようで、誰よりも不安げな顔をしていた。

その後も津笠の捜索はあらゆる手を尽くして必死に続けられたが、とうとう実を結ぶことはなかった。

十一

八朔《はっさく》。徳川家康《いえやす》公が江戸入りをした際、諸大名が白帷子《しろかたびら》で記念の儀式を執り行ったことを祝い、吉原で白無垢《しろむく》道中が行われる大紋日である。

大見世である黒羽屋、扇屋《おうぎや》、玉屋《たまや》、中見世の中でも格式高い丁字屋《ちょうじや》、松葉屋《まつばや》からそれぞれ花魁が一人ずつ選ばれ、白無垢に見立てた特別な衣裳を着て、仲之町を突っきるように、長い長い道中を行うのだ。この五人はいずれも細見で最高級遊女と評される、選ばれた花魁であった。

肌にまとわりつくような湿った風が、野分《のわき》の訪れを知らせる。行事の中止も懸念されたが、天候が収まりつつあることから、予定通りの開催が決まっていた。

特別な道中を一目見ようと、江戸中から老若男女が集まってくる。仲之町の両側はすでに多くの人で埋め尽くされていた。人々は胸を躍らせて、道中が始まるのを今や遅しと待ち望んでいる。

白無垢道中の始まりの場所。大門のほど近くにある引手茶屋、山口巴《やまぐちどもえ》の一室では、瑠璃が身支度をしていた。

錠吉が結った横兵庫に白珊瑚の簪が差され、漆黒の髪を引き立たせる。見世が仕立てた白無垢の仕掛には、腰から裾にかけて籠目《かごめ》と毘沙門亀甲《びしゃもんきっこう》の金刺繍が浮き上がり、黒地の前帯にはこれまた金糸の天平雲《てんぴょうぐも》と、一体の見事な龍が色鮮やかに施されていた。

いつもとは趣の異なる瑠璃の出で立ちを見て、廊下を通りがかる茶屋の者たちは、ほうっと熱い吐息をこぼした。

「まるで真の天女じゃないか。雲行きが怪しいのが心配だったが、今日の道中は何やらご利益がありそうだな」

控え部屋にやってきた黒羽屋の楼主、幸兵衛が会心の笑みを浮かべて言った。

「お喜久がどうしてもと言うから仕掛を仕立てなおしたが、間にあって何よりだ。針女《おはり》たちにも礼を言わねば」

お勢以に龍の意匠が浮き上がった前帯を締めてもらいながら、瑠璃は道中を待ちかねて騒がしくなっている外の声を聞いていた。瞳は心ここにあらず、という風に畳の一点を見つめている。

浮かない顔を見て、お勢以は大きな手でぽん、と瑠璃の背中を叩いた。

「まったくこの妓《こ》は。こんな晴れの日に、そんな死人みたいな顔でどうすんだい」

傍らで簪の差し具合を微調整していた錠吉も、ちらと瑠璃の横顔をうかがった。

純白の衣裳と髪飾りをつけた瑠璃の肌は、いつも以上に白く透き通っているように見えた。紅を差した口元の赤が際立ち、憂いを帯びた目が妖艶な雰囲気を醸し出している。ぞっとするような美しさだった。

津笠の失踪から、すでに十日が過ぎていた。居所は杳《よう》として知れないまま、何の手掛かりも、どうやって自室を出たのかすら依然つかめず、幸兵衛も最早お手上げ状態であった。

――もうすぐ、佐一郎さまと一緒になるはずだったのに。

古傷の疼きはもう治まっていたが、瑠璃の気持ちは晴れないままだった。

黒羽屋は佐一郎に何度も話を聞きに行ったが、佐一郎も津笠の失踪に驚き、何も知らないといった様子だった。

佐一郎は相対死を否定した。ただ、相対死には同じ場所で一緒に自死するだけでなく、時刻を決め、離れた場所で同時に命を絶つというやり方もある。

黒羽屋は念のため丸旗屋の見張りを続けていたが、佐一郎からは普段と変わった様子も見受けられず、忙しそうに店の仕事に追われているようだった。

――もうすぐなんだ。ほんの、あと少しで、津笠は自由に……。

「花魁」

錠吉に呼ばれて瑠璃は顔を上げた。お勢以と幸兵衛が、厳しい顔つきで瑠璃を見ていた。

八朔の白無垢道中は五人の花魁を抱える見世だけでなく、吉原全体の繁栄のため、五丁町が一丸となって準備をしてきた一大行事である。会合が開かれた結果、今年は瑠璃が道中の一番手に選ばれていた。

「瑠璃、しっかりしておくれ。仲のよかった朋輩が理由もわからずいなくなれば、そりゃ気落ちするのはわからんでもないがね。今日は江戸中の注目を浴びる、誉《ほまれ》ある日なんだよ」

幸兵衛はたしなめるように言った。

「楼主さまのおっしゃるとおり。白無垢道中に出られるのは、三千の遊女の中で選ばれた五人だけだ。なのに先頭のお前がそんなひどい顔してたら、吉原全体の恥になるんだからね」

お勢以にきつい発破《はっぱ》をかけられて、瑠璃は軽くため息をついた。

そして、腹をくったように二人に向きなおった。

「わかっていんす。わっちが、吉原の歴史で一番の白無垢道中を、ご覧に入れてみせんしょう」

ようやく花魁の顔になった瑠璃を見て、幸兵衛は愁眉《しゅうび》を開いた。お勢以もやれやれと胸を撫で下ろしている。錠吉だけはいつもどおりの落ち着いた様子だったが、その表情は少し心配そうでもあった。

「錠吉や。今日は長い道中になるから、くれぐれも頼んだよ」

幸兵衛が錠吉にも声をかける。

この日の道中でも、錠吉が瑠璃に肩を貸すこととなっていた。

「承知しました」

錠吉が自分の支度をし始めていると、突然、廊下から騒がしい足音が響いてきた。何事かとお勢以が廊下に出ようとした時、少年の影が転がるように部屋へと飛びこんできた。

栄二郎であった。

「大変ですっ。楼主さま、丸旗屋が」

栄二郎は肩で息をしていた。額には大粒の汗が浮き、走り通しで喉がカラカラなのか、声がひどく掠れている。

普段はのんびりしている栄二郎のただならぬ様子に、幸兵衛は素早く人払いをして部屋の襖を閉めた。

お勢以が水差しを手に、水を飲むよう勧める。しかし栄二郎はそれも目に入らないようで、息も途切れ途切れに続けた。

「丸旗屋の若旦那が、今日、死んでるのが見つかったんです」

「何だって」

部屋には一瞬で緊迫した空気が張り詰めた。

黒羽屋の若い衆は交代で丸旗屋を張っており、昨日は豊二郎が見張り役を任されていた。ところが朝になっても見世に戻ってこなかったため、代わりに弟の栄二郎が丸旗屋に向かった。

丸旗屋から絹を引き裂くような悲鳴が上がり、栄二郎が急いで中を見に行くと、寝室と思しき場所で佐一郎が事切れていた。

佐一郎の顔は恐怖に引きつり、自らの手で掻きむしったのか、首筋には爪でえぐった跡が無数に残っていた。両目は無残にもつぶされ、おびただしい量の血が目の窪みから流れ出ていた。

「丸旗屋の番頭さんをつかまえて問い質《ただ》したんです。今日なかなか起きてこない若旦那の様子を奉公人が見に行ったら、そんな状態で冷たくなってたらしくて」

「なんで急に……」

栄二郎は顔面蒼白になっている。

「津笠は、津笠はそこにいたのか？」

瑠璃は突き動かされるように栄二郎の肩をつかんでいた。

しかし栄二郎は、力なく首を振った。

「津笠さんとのことも聞いたら、若旦那はあの日、津笠さんに切れ状《きじょう》を渡したって言ってたそうなんだ」

「切れ状って、なんでだよっ。そんな様子は少しも……」

食ってかかるように怒鳴る。錠吉が瑠璃を押さえ、栄二郎から引き離した。

格式の高い見世で特定の遊女と馴染みになれば、他の妓楼に通うことは許されない。遊女と馴染みになることは夫婦の契りを交わすことと同義であり、離縁したければ切れ状と呼ばれる、正式な文書を敵娼《あいかた》に渡さねばならないのだ。

瑠璃の動揺を見て、栄二郎は口ごもった。

「その、若旦那、尾張町にある呉服問屋のお嬢さんとの、縁談が進んでたそうなんだ。もう結納《ゆいのう》も済ませて、祝言《しゅうげん》の日取りも決まってたって」

「嘘……」

思いもよらぬ事実だった。瑠璃の体から力が抜けていく。

「他に何か変わったことは」

錠吉が聞くと、栄二郎はうなだれた。

「若旦那の部屋にあった、家宝の隠し刀がなくなってたらしいんだけど、それくらいしか。昨日の夜は兄さんが見張り役だったから何か知ってるかもしれないと思ったのに、まだ見世にも戻ってないみたいで」

「津笠の行方はわからないままなんだな?」

幸兵衛が瑠璃を見ながら尋ねる。

「はい」

栄二郎も、おずおずと瑠璃を上目遣いで見る。瑠璃は愕然とした面持ちで、虚空を見つめていた。

「黒羽屋さん、そろそろお時間ですよ」

襖の向こうから声がして、一同は顔を見あわせた。

「瑠璃。津笠のことは気になるだろうが、今は若い衆に任せて、お前さんは道中だけに専念なさい。いいね」

幸兵衛の口調には有無を言わさぬものがあった。

腑《はらわた》に沈みこむような重みを抱いたまま、瑠璃はただ頷くことしかできなかった。

白無垢道中は始まりの時を迎えた。

黒羽屋の箱提灯を持った若い衆、禿二人を前にして、錠吉が立つ。錠吉の肩に右手を置き、左で張肘をした瑠璃が表に姿を見せるや、仲之町は揺れるような歓声に包まれた。

白無垢の仕掛をまとい、黒々とした髪に白の簪を差した瑠璃は、花魁としての気高さと貫禄を堂々と見せつけていた。白以外の色は襦袢と帯、高下駄だけで、それが独特の色っぽさを滲ませている。白無垢が夜闇と行灯の光に浮き上がり、妖しい美しさを放つ。涼やかな目元は三歩先を恍惚として見据え、口角の上がった口元に控えめに差された紅が、ほのめく灯りを受けて輝きをふりまく。

人々は神々しさに当てられたかのように、瑠璃を畏敬の念にも近い眼差しで矯《た》めつ眇《すが》めつ眺め、感嘆のため息を漏らした。

後方では、白無垢の衣裳に身を包んだ、目も綾《あや》な四人の花魁たちが、めいめいの行列を従えている。

先頭に立つ花魁としての意気と張りを体現するように、瑠璃は厳かに外八文字を踏んだ。行列はそれにあわせるように、ゆっくり、ゆっくりと、仲之町の長い道のりを進んでいく。

浮世離れした華やかさと艶《あで》やかさに、誰もが熱に浮かされたように見惚れていた。

瑠璃はひたすらまっすぐに、粛々と歩みを進める。吉原をあげての特別な道中であることも念頭にあるが、今日ばかりは得意の流し目をする気になれなかった。

背後から差される特注の白い長柄傘が、瑠璃の透き通る真珠のごとき肌をさらに際立たせる。

白無垢道中は、それは見事なものであった。

四方八方から浴びせられる熱のこもった視線を受けながら、瑠璃は婉然たる表情を崩さず、等間隔に高下駄を転がす。四人の花魁たちも誇らしげに視線に応えていた。

どこまでも続くかと思われた道中は、次第に大きくなる歓声を浴びながら、終わりの場所である秋葉常灯明《あきばじょうとうみょう》を間近に捉えた。

仲之町の端にある秋葉常灯明は、火伏せの神である火之迦具土神《ひのかぐつちのかみ》を祀る神聖なもので、岩を築いてまわりに木を植え、銅製の灯籠が配されている。後ろには火《ひ》の見櫓《みやぐら》が控え、灯籠は行列を迎えるかのように、煌々ともっていた。

瑠璃たち一行が、秋葉常灯明まであと少しというところまで行きついた時だった。まわりの歓声は、途端にどよめきに変わった。

辺りの空気が変化したのを感じ取り、瑠璃は伏せ気味にしていた視線を前方に向ける。

秋葉常灯明を背に、津笠が立っていた。

瑠璃は我知らず立ち止まった。前を歩いていた若い衆も、禿も歩みを止めていた。錠吉も驚いたように津笠を見つめている。

津笠は仕掛を羽織ってはいなかったが、いつもの美しい袷《あわせ》姿に前帯を締め、髪も綺麗に結い上げられていた。簪や櫛もそこに整って収まっている。白い素足を地面につけ、顔は高下駄を履いた瑠璃を見上げていた。

いつしか道中行列は完全に止まり、群衆はざわざわとしながら、事の成り行きを息をひそめて眺めている。

黒羽屋の一行は、瑠璃を含め、思考が停止したように棒立ちになった。

瑠璃を見る津笠は、能面のように表情がない。目は虚ろに瑠璃を見ているようで、どこか遠くを見ているようでもあった。

「津笠」

瑠璃は絞り出すように朋輩の名を呼んだ。

姿を現した津笠を目の前に、景色がまわる。夢を見ているような、地に足がついていないような、奇妙な感覚だった。

津笠は見上げていた視線を下ろし、ゆっくりと瑠璃に向かって歩きだした。ふらふらしているようで、しかし着実に、歩みを進めてくる。

錠吉も、時が止まったかのように立ちすくんだままだ。

観衆が呆然と見守る中、箱提灯を持った若い衆の横を過ぎ、禿たちを通り過ぎた津笠は、瑠璃の正面に立った。顔は瑠璃の腰辺りを見つめ、一言も声を発さない。

やがて、瑠璃の胸に倒れこむように、一歩を踏み出した。

刹那、瑠璃の体を激痛が走った。

鋭い刃が、瑠璃の腹から背中を貫いていた。

一同はただそれを見ているばかりで、何が起こったのか理解もできず、蠟《ろう》人形のごとくその場で固まっている。

津笠は預けていた体をぬらりと起こし、刀を瑠璃の腹から引き抜いた。後ずさりしていく口元には、夜闇よりも暗く深い、不気味な笑みが浮かんでいた。

瑠璃の腹から赤い鮮血が噴き出す。ごぼ、と血を吐いて、瑠璃は前方によろめいた。華奢な右手が錠吉の肩から離れていく。

「瑠璃っ」

錠吉は封を解かれたように我に返り、地面へと倒れこむ瑠璃の体をすんでのところで支えた。

瞬間、静まり返っていた群衆のあちらこちらから、堰《せき》を切ったように怒号に似た悲鳴が響き渡った。

津笠は血が滴り落ちる刀を手に、悲鳴を聞いてニタニタと笑い続けている。

我先にと大門へ駆けだし逃げ惑う者、腰が抜けてへたりこむ者。恐怖が連鎖して染み渡り、瞬く間に吉原中が無秩序な混乱に陥った。道中の前にいた黒羽屋の若い衆や禿も、異常事態の恐怖に勝てず逃げだしていた。

「なん、で……」

飛び交う悲鳴を耳にしながら、瑠璃は地面に向かってつぶやいた。

高下駄は脱げ、地面についた手足から冷たさが伝わってくる。反対に、生温かい血が体の外に流れていくのを感じた。美しい白無垢が見る見るうちに真っ赤に染まっていく。しっかりしろ、と錠吉が叫ぶ声が、ひどく遠い。

雑音を払いのけるように、甲高い声が瑠璃の鼓膜を貫いた。

地面から顔を上げて見ると、津笠は血に濡れた刀を放り投げ、闇夜を仰いで笑っていた。目が次第に落ち窪んでいき、口は耳元に向かって裂け始める。額からは音を立てて、角がせり上がってくる。

「なんで、津笠。どうして」

何か言いたくとも、言葉が出てこない。

瑠璃の肩を支えながら、喋るな、と錠吉が声を張る。

「どうして、あんたが……」

——オマエノセイ。

津笠は途端に笑うのをやめ、歪んだ笑みを瑠璃に向けた。

「え……」

——黙って受け取りゃいずれ妾奉公《めかけ》くらいさせてやったってのに、調子づきやがって。瑠璃花魁くらいの女ならいざ知らず、お前みたいな小物を娶る《めと》義理があるかよ。婆婆の夢を見させてもらっただけでもありがたく思え。

「嫌ああっ」

その時、瑠璃の白無垢に施された籠目の金刺繡が、光を放った。

金色の光は輪になり瑠璃と錠吉を囲ったかと思うと、瞬時に巨大化して空に浮かび、一町を包むほどの大きさに広がった。

「注連縄、なのか」

錠吉が、夜空に浮かぶ金色の輪を見てつぶやく。瑠璃は首を押さえて震えていた。津笠に視線を走らせると、空洞の瞳はまだ瑠璃を見ている。何かしらの幻覚を瑠璃に見せているのだと、錠吉は悟った。

次の瞬間、津笠はその細い体つきからは予想もつかぬ力で地を蹴り、躍りかかってきた。

錠吉が咄嗟に瑠璃を抱き寄せる。

津笠の影が、二人の間近に迫った時。

権三が間一髪で割って入ってきた。伸ばしかけの金剛杵を手に、津笠が振り上げた腕を受け止める。重みに耐えかねるように、体が小刻みに震える。

権三はかざされた腕を睨みつけ、腹の底から声を絞り出すと、津笠に蹴りをくらわせた。

「津笠っ」

瑠璃が上ずった声で叫ぶ。

「権さん、やめて、津笠を」

錠吉の腕の中でもがく。錠吉はその肩をつかみ、激しく揺さぶった。

「瑠璃っ。わかってるだろう、あれは鬼だ。もうあなたの知ってる津笠さんじゃないんだ」

錠吉の瞳に、泳いだ目で自分を見上げる瑠璃の顔が映った。さまよう視線には絶望の影が差している。

胸に刺すような痛みを覚え、錠吉は奥歯を強く嚙みしめた。

「あなたにしか、退治できない」

それ以上は、瑠璃を直視できなかった。

「花魁、錠さんっ」

錠吉が振り返ると、栄二郎が息を切らしながら駆け寄ってきていた。手には、見世から急いで取ってきた錫杖が握られている。

「あの輪っか、お前の結界か？」

「ううん、違う。おいらは兄さんと一緒じゃなきゃ結界を張れない。でもあれ、色は違うけどやっぱり注連縄だ。一体、誰が……」

栄二郎は不安な顔で上空を見上げた。

一方、権三に蹴り飛ばされた津笠は身を屈めて地を滑り、秋葉常灯明の手前で止まっていた。

ゆらりと立ち上がり、小首を傾げて権三を見る。腕と素足が黒く変色し始めていた。貼りついたような笑みを深めたかと思いきや、津笠は先ほどよりも強い力で地を蹴った。

「栄、俺と権の法具を強化できないか?」

「ごめん、それもおいらだけじゃ……」

「わかった。瑠璃を見てろ」

栄二郎が錫杖を渡すと、錠吉は権三の横に立ち並び、構えの姿勢を取った。

津笠の攻撃を二人で受け止めている間に、栄二郎は瑠璃に駆け寄り、地面にうずくまる体を支えた。

「嫌だ……できないよ……」

「花魁、花魁っ」

並より再生能力が優れている瑠璃でも、刀で腹を貫かれていれば追いつかない。血が止まらず、再び吐血する。

栄二郎の声を聞きながら、瑠璃はふと、自分の中で何かが激しく疼いていることに気がついた。

鬼と対峙する際、瑠璃はいつも高揚感のようなものを感じていた。

しかし、今は明らかに違う。

体内で別の生き物が目を覚まし、蠢《うごめ》き、這いずりまわっているようだった。息は荒くなり、目の焦点があわなくなっていく。全身が総毛立ち、冷や汗が噴き出した。

と、瑠璃の首を見た栄二郎は息を呑んだ。

瑠璃の胸元から、黒い雲のような痣が這い上がってきていた。古傷のまわりにあった三点の痣が肥大化して数を増し、瑠璃の体を徐々に覆わんとしているかのようだ。痣はじわじわと意思を持つように、紅を差した口元まで広がってきていた。

「花魁……」

栄二郎が困惑していると、秋葉常灯明の方から派手な金属音が響いてきた。

津笠は絶え間なく攻撃を仕かけていた。手練れであるはずの錠吉と権三は、経文による武器の強化ができないこともあり防戦一方だ。

津笠の左腕が勢いよく振り下ろされる。何とか頭上で受け止めた権三はうめき声を漏らした。どれほどの膂力がのしかかっているのか、権三の体軀はきしみ、重みで脚が地面にめりこんでいる。

「錠、今だっ」

権三が声を振り絞るが早いか、錠吉は素早い動きで津笠の後方にまわりこんだ。錫杖を死角から振りかざす。

錫杖がうなじに直撃するかと思われた時、津笠の肩から漆黒の腕が一本、着物を破って生えてきた。

「な……」

錠吉の渾身の一撃を生えた腕で受け止めると、津笠は空洞の目をニイイ、と細めてみせた。

肩から伸びた黒光りする腕は、まるで蠅《はえ》でも払うかのように、錠吉を通りの屋根まで弾き飛ばした。

瓦屋根に身を強く打ちつけた錠吉は、衝撃で大量の血を吐いた。

「錠っ」

いつの間にか津笠の背中からもう一本、黒い腕が急速に生えてきていた。その腕が、両手が塞がったままの権三の首を捉える。

「ぐっ」

反撃に蹴りをくらわせようとする間も与えず、黒い腕は権三の首を絞めあげる。

地面から足を浮かせた権三の姿を見て、瑠璃が金切り声を上げた。

それと同時に黒い腕はぶん、と風を切る音をさせた。権三の体は宙を滑り、錠吉が投げられたのとは反対方向の壁面に叩きつけられた。

屋根や壁の欠片が、ぱらぱらと乾いた音を立てて落ちる。束の間の静寂が仲之町を包んだ。

錠吉も権三も、動いていなかった。

黒く染まった手足、背中に二本の黒い腕を生やした津笠の輪郭は、今や疑いようもなく異形と化していた。津笠は再び天を振り仰ぎ、快感に浸るように高笑いをした。

「錠、さん。権さ……」

栄二郎はうわ言のようにつぶやきながら、震えている。

人ならざる津笠の笑い声は、瑠璃の中の何かを強く刺激した。これまでとは比べ物にならない疼きの波に耐えかね、瑠璃は頭を抱えて叫んだ。

体中の血が沸騰《ふっとう》しているかのように、全身が焼けただれていく感覚がする。心が、内側から破裂してしまいそうだった。黒い雲のような痣はさらに数を増し、いつしか目元までせり上がってきていた。

「花魁、立って。離れなきゃ」

栄二郎が泣きそうな顔で必死に瑠璃に呼びかける。しかし、その声はもう瑠璃の耳には届いていなかった。

津笠は高笑いをやめた。

ゆっくりと、笑顔を瑠璃と栄二郎に向ける。

「花魁、守らなくちゃ、おいらが、守らなくちゃ」

栄二郎は震える己の膝を殴りつけ、瑠璃を背にして津笠と向きあった。

瑠璃は疼きに為す術もなくいたぶられながら、離れていく栄二郎の背中を見て、強烈な焦燥感に駆られた。

「駄目、お、願い……」

血が喉に絡まって、うまく声が出ない。

津笠はさも不思議そうに首を小刻みに傾げながら、徐々に二人の方へと歩みを進めてくる。

栄二郎は丸腰のまま、津笠に突進していった。

津笠の笑みが濃くなった。背中から生えた黒い腕が振り下ろされる。

「やめろおおっ」

悲痛な叫びを嘲るように、瑠璃の目の前で栄二郎の体は鋭い爪の餌食となり、ゆっくりと、地面に倒れこんだ。

「……楢紅っ」

瑠璃は無意識に叫んでいた。

瑠璃の血が散らされた地面が泥の渦を描き、楢紅が姿を現した。

陶器のようなまばゆい肌に、菩薩《ぼさつ》を思わせるたおやかな微笑み。「封」の字が際立つ白布の端が、笑みに呼応するようにゆらゆらと波打っている。

瑠璃は傷の痛みと内側の疼きを、持ちうる気力のすべてで抑えこんだ。血を吐きつつ裸足で立ち上がり、倒れるように楢紅へと歩み寄る。その仕掛を乱暴につかむと、いきなりはぎ取った。そして、津笠の前に倒れている栄二郎に向かい、楢紅の仕掛を投げた。

美しい楓樹の仕掛がふわりと全身を覆うや否や、栄二郎の姿は仕掛ごと見えなくなった。

「もういい、下がれ」

押し殺すような言葉を聞いて、楢紅は主を振り返った。白布の向こう側から、瑠璃の心を見透かしているかのようだ。

楢紅はしばしの間そこに立っていたが、やがて微笑を残すように、姿を消した。

消えた栄二郎を、津笠はきょろきょろと探している。

「津笠、なんでだ。どうして、こんな……」

疼きと闘いながら、瑠璃は津笠と正面から向きあった。

異形の姿を改めて目の当たりにして、心が切り裂かれる感覚を覚え、体をぐらつかせる。

「ル、リ」

苦しげな声が聞こえて、瑠璃は瞠目した。

津笠の声ではなかった。

霞がかった意識を奮い立たせ、津笠に目を凝らす。津笠の胸元は錠吉と権三との戦闘によってはだけている。青白い肌に、何かが盛り上がっているのが見えた。

まるで、顔のようだった。

「豊……?」

それは紛れもなく豊二郎の顔だった。恐怖と絶望に歪んだ口が、微かに声を漏らす。

「ル、リ……」

──まさか、豊を取りこんだのか？

瞬間、最大の疼きが瑠璃を襲った。

何かが体内で猛烈に暴れ狂い、笑っている。呼吸すらままならなくなり、喉からは引きつるような音しか出てこない。瑠璃は胸を掻きむしった。

体が自分のものでなくなっていくかのように、感覚が薄れていく。頭は無数の鋭い針で何度も貫かれ、滅茶苦茶に掻きまわされているようだ。悦楽に似た狂気が吹きすさび、瑠璃の心を容赦なくえぐり取っていく。

貫かれた腹からは血が止まらない。その上楢紅を召喚したことで、瑠璃の体はとうに限界を超えていた。

──もう、やめて。わっちには無理だ。もう……。

いっそ、疼きに身を委ねてしまおうかと思った。その考えはすべての痛みを忘れさせてくれるような、甘美な響きを持って瑠璃の心に染み渡っていった。

「瑠璃っ」

空から一つ、咆哮《ほうこう》が轟《とどろ》いた。

瑠璃は濁った瞳で上空を見上げる。巨大な赤獅子《あかじし》が、宙に降り立つところだった。

「炎」

生気を欠いた声でつぶやく。

なぜそれを炎と言ったのか、自分でもわからなかった。思考が働かない。赤獅子の豊かな毛並みが地獄の炎に見えて、綺麗だな、とぼんやり思った。

赤獅子は低い声で吼《ほ》えた。

「瑠璃、蒼流《そうりゅう》の力を使え。お前が飛雷の鞘になるんだ」

――そうりゅう……？

唐突に、津笠が耳をつんざく鬼哭を発した。

朦朧《もうろう》とする中で津笠を見やる。黒い鬼の皮膚は顔を覆い尽くし、胸にまで達しようとしている。胸元に目を転じると、豊二郎の顔は苦しみに悶え、目から赤い血を流していた。徐々に黒く染まり、津笠の中へと埋まり始める。

「タスケ、テ……」

その瞬間、瑠璃の中でなにかが爆《は》ぜた。

胸の古傷に手を当てる。心の臓が大きく揺れる。

「我に応えろ、従え」

瑠璃の立つ場所から、突如として青の旋風が巻き起こった。粉塵《ふんじん》が舞い、血で赤く染まった白無垢の仕掛が、風に激しくはためく。

瑠璃の胸元が刀傷を中心に、ずず、と螺旋《らせん》を描き出した。そして、中からゆっくりと、飛雷の柄が出現した。

瑠璃は柄を握ると、胸から飛雷の刀身を引き抜いた。

旋風が激しさを増す。瑠璃は青い衣をまとっているかのようだ。飛雷は黒く、妖しげに光っている。

逆巻く旋風の中心に立って、瑠璃の顔は何かを悟ったかのように、穏やかに、哀しみを帯びていた。涙が一筋、頬を伝った。

胸の螺旋は元に戻っていき、同時に旋風も収まっていく。

奇妙なほどの静寂が流れた。

完全なる鬼と化した津笠の顔から、笑みが消えた。瑠璃の姿を見て呻吟《しんぎん》の声を漏らす。やがて、錯乱したように瑠璃《みなぎ》めがけ向かってきた。

瑠璃は内から全身に力が漲り、感覚が研ぎ澄まされていくのを感じていた。傷の痛みはもう感じない。内側の疼きも消え、先ほどまで暴れ狂っていた力がすべて、体になじんだかのようだった。

視線を津笠へと向ける。目前まで迫ってきた津笠は、四本になった腕を振って瑠璃を裂かんとする。

すると、右手に提げていた飛雷が何の前触れもなく四《よ》つ叉《また》に裂け、津笠の腕をすべて受け止めた。刀そのものの魂が呼び起こされ、瑠璃を守ったかのようだった。握る力を強めると、切っ先が勢いよくしなり、津笠は後方に吹き飛んだ。裂けた刃は元の姿に収束していく。

瑠璃は飛雷を前にかまえた。

対する津笠は起き上がり、獣のような声を上げながら再び向かってくる。瑠璃はそれを眼光鋭く迎える。

黒い腕と黒い刃が衝突し、激しい火花を散らした。

瑠璃は目にも留まらぬ速さで、四本の腕から繰り出される攻撃を刀一つで捌いた。胸元から這い上がる痣はすでに額を覆い、腕や脚をまだらに染めている。覆いが深くなるほどに、膂力が湧き上がってくるのを感じていた。

津笠は簪が抜け落ちた長い髪を振り乱し、奇声を上げながら次々と攻撃を仕かけてくる。

突然、津笠の髪がぐんと伸びた。不意を突かれた瑠璃の四肢を縛り上げる。

「……っ」

動きが止まったのを見るや、鋭い爪が振り上げられる。

瑠璃は中空を睨み、飛雷を握る右手に力をこめた。

今度は飛雷が八つに裂けた。体を縛り上げる髪を断ち、黒い腕を受け止め、さらに津笠の右肩を斬りつける。

黒い血が肩から噴き出し、津笠は絶叫した。

津笠の腕がひるんだ一瞬をついて、瑠璃は反撃に打って出た。

舞うように腕を、脚を斬りつける。飛雷を頭上にかまえると、鋭い声とともに勢いよく振り下ろした。

肩から生えていた黒い腕が一本、ごっ、と鈍い音を立てて地面に落ちた。

津笠はこの世の終わりのような鬼哭を発して後ずさった。

重い一撃を繰り出して片膝をついていた瑠璃は、津笠の胸元へと視線を走らせる。

豊二郎の顔は津笠の苦痛に呼応するように歪み、ほとんどが黒い皮膚に埋まりかけていた。

体中からこみ上げてくる衝動に、瑠璃は渾身の力を振り絞った。

「豊を、返せ」

爆発のごとき旋風が生まれる。鮮血に染まった仕掛の裾がめくれ上がる。

津笠は慟哭しながらもう一度、乱れた髪を伸ばしてきた。

立ち上がり防御しようとした瑠璃だったが、四方から伸びてきた髪は防ぎきれない。髪は全身に巻きつき、細い首を絞めあげた。

骨がみしみしと嫌な音を立てる。瑠璃の体は宙に浮かんだ。

飛ばされそうになる意識を必死に押し留め、右腕へと集中させる。

すると、体中を覆っていた黒い痣が引いていき、すべてが右腕に集まってきた。飛雷を持つ右腕に、これまで感じたことのないほどの膂力が宿った。

──お前さんは、お前さんのままでいいんだよ。

「ああああっ」

瑠璃は空に向かって右腕を振り上げた。絡みつく髪が、音を立てて切れていく。

――わっちは瑠璃のこと、大事な友達だと思ってるから。

全身で叫び声を上げながら、あらん限りの力をこめて飛雷を横一線に振りぬいた。

飛雷は津笠の喉を斬り裂いた。

どす黒い血が噴き出して、瑠璃の体を染めあげる。

津笠は動きを止めた。喉からは黒い血を滝のように流している。体を縛っていた髪が力をなくしたように垂れ下がり、瑠璃は地面に落とされた。

津笠は血を流しながら、声もなく瑠璃の前でよろめいていた。貼りついた笑顔は崩れ、目と口に空いた穴が、次第に闇をひそめていく。

なぜ、鬼は笑うのか。瑠璃は唐突に理解した。

――ああ、鬼は哀しいから笑うんだ。優しい奴ほど傷つけられ、裏切られ、恨みを抱いて死んでいく。鬼の力でやっと自分の気持ちをぶつけられるようになっても、世間はそれを許さない。誰かを呪うことでしか存在できない、誰にも受け入れてもらえない、もう戻れないのが哀しくて、笑っているんだ。きっと、人並みに幸せになりたかっただけなのに……。

津笠の角が額から落ち、地に突き刺さった。砂のようにほどけ、風に流されていく。

瑠璃は地面に倒れたまま、その様子を覇気を失った目で見ていた。視界から色が消えていく。力はもう微塵も残ってはいなかった。

薄れゆく意識の中で、瑠璃は美しい津笠の顔を見た気がした。

そして、すべては暗闇に包まれた。

十二

瑠璃は水中を漂っていた。

不思議と息苦しさは感じない。だが、仄暗《ほのぐら》い水は刺すように冷たかった。生気を失った瑠璃の体は、どこまでも力なく沈んでいく。

暗闇の中で、誰かが呼ぶ声が聞こえた。

その声は穏やかで、温かかった。

瑠璃は底なしの闇に堕ちながら、探るように手を伸ばす。ふと自分の体に目をやると、幼子の体であった。瑠璃は自分が涙を流していることに気がついた。

辺りは途方もなく広がる闇ばかりで、何もない。誰もいない。圧倒的な孤独と恐怖が、瑠璃に覆い被さってきた。たまらなく悲しかった。

泣きじゃくりながら、水を掻いてもがく。涙は出る端から水に溶けていき、声を上げようとしても、泡がぼこぼこと空しく出るばかり。揺らめく水面は遥か彼方で、もがけばもがくほど、瑠璃を嘲笑うかのように遠ざかっていく。

独りぼっち。

その事実が瑠璃の心と体を蝕み、力を奪っていった。

幼い瑠璃は泣き続けた。

どこからか、先ほどの声がしたような気がした。

必死に声の主を探す。大好きな声だった。しかしまわりにあるのは、やはり暗闇。

瑠璃は心まで幼子になったように、泣くことしかできなかった。次第にもがく力もなくなっていった。暗く冷たい水に身を任せるように、底へ底へと沈んでいく。

するとか、声が優しく、瑠璃の中に響いてきた。

「……。もう大丈夫だ。起きなさい」

瑠璃は目を覚ました。

視線の先には見覚えのある天井があったが、頭は模糊《もこ》としていて、どこだかはっきりと思い出せない。

しゅんしゅんという音が響いている。視線を横に向けると、古い獅子嚙《しがみ》火鉢《ひばち》の上で湯が沸いていた。部屋は火鉢の熱で暖められているようだ。

ぼんやりする頭で、瑠璃は、季節が冬に近いことを何となく感じ取っていた。

ゆっくり、深く、息を吐き出す。ふと、腹の上に重みを感じて、頭を少しだけ起こした。

豊二郎と栄二郎が、布団をかけられた瑠璃の腹を枕にして、くうくうと寝息を立てていた。二人とも泣きはらしたかのようにまぶたが腫れている。

瑠璃は静かに目をつむった。

長い夢を見ていた。恐ろしく思うと同時に、心がじんわり温かくなる夢だった気がする。

——もう少しだけ見ていたかったな。

瑠璃は薄れていく夢の余韻に浸った。

すると、栄二郎がぱち、と目を開け、瑠璃を見つめた。栄二郎はしばらくきょとんとしていたが、いきなり叫んだかと思うと瑠璃の首筋に抱きついた。

「花魁んっ」

栄二郎は泣きだした。涙腺の箍《たが》が外れているのだろう、尋常でない泣き方である。

これに豊二郎も目を覚ました。目を開けている瑠璃と、すがりついて泣いている栄二郎を見比べる。ややあって、嬉しいような泣き顔のような、くしゃくしゃの表情を浮かべ、豊二郎も泣き始めた。

瑠璃は大泣きする双子にため息をつきつつ、笑みをこぼす。しかしあまりにも大きな声で泣いているので、次第に辟易し始めた。おまけに、栄二郎は無意識に瑠璃の首を絞めている。

「うるせえ」

栄二郎をどけようとしたが、押し返そうとすればするほど、栄二郎は首を強く絞めてきた。

「てめ、鼻水つけんじゃねえよ。ていうか、首、絞まってるんですけど……っ。ああもう泣くなっ」

声を張り上げたところで、部屋の襖が勢いよく開いた。

錠吉と権三だった。双子の泣き叫ぶ声を聞いてすっ飛んで来たのか、ひどく慌てた顔をしている。

目覚めた瑠璃を見て、錠吉は心底ほっとしたように眉を下げた。いつも冷静な錠吉の意外な表情に、瑠璃はちくりと胸が痛む心持ちがした。

権三が目の端に涙を浮かべ、泣き顔に笑顔を重ねながら、栄二郎を瑠璃から引きはがす。

そんな五人の様子を、出窓に座った炎がにんまりと見ていた。

「よかった。花魁、ほんとによかったよう。このまま起きなかったらどうしようって、どこか遠くに行っちゃうんじゃないかって」

少し落ち着きを取り戻した栄二郎が、しゃくりあげながら言った。

「たった今お前に殺されかけたけどね」

瑠璃は意地悪に笑ってみせた。

権三が瑠璃の肩に綿入りの褞袍《どてら》をかけ、体を起こすのを手伝ってやる。錠吉は白湯《さゆ》を作ってくれた。

「ここは、黒羽屋の寮か？」

白湯を受け取りながら聞く。

大見世である黒羽屋は、吉原の外、今戸《いまど》と根岸《ねぎし》に遊女が養生するための寮を持っていた。

寮にはそれぞれ地下通路があり、黒羽屋にある瑠璃の部屋まで一直線に繋がっている。任務のたびに隠し通路を使っていたため、寮の内装を記憶していたのだった。

「ええ、根岸の寮です。花魁は三月《みつき》も眠ったままだったんですよ」

錠吉が答える。すでに時節は霜月《しもつき》になっていた。

「そりゃあ……随分と長寝しちまったね」

お勢以どんに大目玉くらっちまわあ、と瑠璃は苦笑いした。頭がずきずきするのを感じながら、白湯をすする。

目覚めた時から、あの夜のことを思い出していた。四人の顔を眺め、ひっそりと息を吐く。

「皆、無事だったんだね」

男たちは複雑な表情で顔を見あわせた。一拍の間を置き、権三が瑠璃に向かって小さく頷いた。

「深手を負ってはいたんですが、何とか生きてました」

「おいらが倒れた時、花魁、楢紅を呼んで仕掛を投げてくれたよね。あれで、なんでか止めを刺されなかったんだ」

栄二郎はまだしゃくりあげている。

瑠璃は考えこむように少し黙ってから、ゆっくり話し始めた。

「わっちもあの時は、なにがなんだかわからなかった。気づいたら楢紅を召喚してたんだ。なんで楢紅の仕掛をお前にかけようと思ったのかもわからない。でも、そしたらお前の体は、仕掛ごと見えなくなったんだよ」

炎が出窓から降り立ち、瑠璃に向かって歩いてきた。

「楢紅にはそういう力もあったということじゃろう。お前はそれを、本能で理解したのかもしれんな」

瑠璃はふと、豊二郎を見やった。豊二郎は真っ赤に泣きはらした目で、ずっと何か言いたげに瑠璃を見ていた。

「豊、お前……」

口を開いた時、部屋の襖が開けられた。入ってきたのはお喜久だった。

「起きたんだね、瑠璃。まずは一安心だ」

言葉とは反対に、普段と変わらない表情で瑠璃の顔を眺める。

「あっ、そうだ。見世にも花魁が起きたこと知らせに行かなくちゃ。楼主さまも、そりゃあ心配してるんだから」

立ち上がろうとした栄二郎を、お喜久は制した。

「知らせは後でもいい。それより瑠璃が起きたからには、まず事の次第を話そう」

裾を払い、瑠璃の正面に座る。

男四人は不安げに瑠璃をうかがった。瑠璃は口を引き結び、思い詰めた顔つきでお喜久を正視している。

お喜久は静かに口火を切った。

「津笠の上客だった、丸旗屋の佐一郎とかいう男だがね。あれは大したクズだったよ。そもそも津笠に近づいたのは、くだらない賭け事のためだった」

「賭け？」

瑠璃は眉根を寄せた。

「小見世や中見世で遊ぶのに飽きた佐一郎は、贔屓の幇間と賭けをしたんだ。大見世の呼び出しと馴染みになるには面倒な手順がいる。それをすっ飛ばして、初会で妓を落とせるかどうか、とね」

「そんな、まさか」

「運悪く目をつけられたのが、津笠だった。優しそうな顔をしているから簡単だとでも思ったんだろう。初会で身請け話なんて前代未聞のことをして、まんまと津笠を落とした。どうやらそういう芝居は、大の得意だったらしい」

津笠の話を疑いなく聞いていた瑠璃にしてみれば、信じがたい事実であった。視界がぐにゃりと曲がった気がした。

「だって、佐一郎は身請け金の工面と、まわりの説得に走りまわってたって……」

「ああ。確かに、津笠を請け出そうと奔走していた。遊びとはいえ、賭けに勝って持ち上げられて、気分がよくなったんだろう。純粋に自分を慕う津笠にほだされたのかもしれない。奇《く》しくも大店の跡継ぎ、津笠のような売れっ妓の身請け金でも、難なく用意できていた。だが気持ちは、そう長く続かない」

男たちは皆、俯いていた。

「大店として名高い丸旗屋に、いくら大見世の三番人気だからといって女郎を嫁がせるわけにはいかないと、親族一同、番頭から手代《てだい》まで猛反対したそうだ」

丸旗屋の中では、多額の身請け金を払うというなら、佐一郎に跡を継がせるべきではない、という声まで上がっていたのだった。

「売れっ妓として華々しく誉めそやされても、所詮は色を売る女、ってわけかよ」

瑠璃は湧き上がる激情をぐっと呑みこみ、低くうなった。

お喜久は瑠璃の言葉には答えない。

「浮かれて暴走する佐一郎に、親族は縁談を勧めた。相手は呉服問屋の大店中の大店。商売を広げたい丸旗屋にとってみりゃ願ってもない話だ。縁談を受けなければ跡を継がせない、と佐一郎を脅してね。我を通そうとしていた佐一郎も、跡継ぎの話はなしだと言われて焦り、あっさり縁談を承諾した」

元から不純な動機で津笠に近づいた佐一郎は、その分醒めるのも早かった。津笠を身請けするために準備していた金は、結納に使われたそうだ。

「でも、でも。佐一郎はずっと津笠に贈り物を欠かさなかったじゃないですか。本当は身請けを諦めていなかったんじゃ」

瑠璃は語気を強めて食い下がる。

「丸旗屋は反物を売っているんだよ。人気のある津笠が自分のとこの商品を着て道中をしてくれれば、店の売り上げに繋がる。黒羽屋抱えの津笠御用達《ごようたし》、ってね」

間髪入れずに放たれた冷淡な言葉に、瑠璃は放心した。

「それじゃ、まるで……」

——人形じゃないか。

佐一郎は身請けを早々に諦めてからは、津笠に対して店を大きくするための利用価値しか見出さなくなっていたのだ。

「身請けを取りやめることは黒羽屋《うち》も聞かされていなかった。だが、佐一郎はいつからか、他の見世にも出入りをしていたようでね」

大見世の遊女を敵娼《あいかた》とすれば、それ以外の遊女を買うことは許されない。しかし佐一郎の女癖は、津笠と結ばれる約束を反故《ほご》にした頃から元に戻っていたのだった。

ある日の道中、佐一郎と目があった時のことが、瑠璃の脳裏に思い起こされた。佐一郎は角町辺りに立っていた。黒羽屋に行くなら、大門から一番手前の十字路を右に曲がるだけで済む。仲之町の奥まで行く必要はないのだ。

あの時もそうだったのか、と思うと、その時点で何ら不審に思わなかったことが情けなくなった。

「他の見世で遊んでいたことは、どうやら津笠も気づいていたようだ。でもそれ以上に、佐一郎がお前に気移りしていることを、津笠は心配していた」

お喜久は言って、権三を横目で見た。

「え……」

やにわに自分の名前を出され、わけがわからなくなった。お喜久と同じく、問うような視線を権三に向ける。

権三は俯き加減に口をへの字に曲げ、言いよどんでいたが、そのうち絞るように言った。

「津笠さんが、自嘲気味に笑いながら言ってたんです。佐一郎は自分から花魁に乗り換えるつもりなんだ、って。花魁は誰よりも綺麗だから仕方ないことだ、でも佐一郎は浮気心を隠そうともしないんだ、と……」

権三は大柄な体に似合わず心優しい性根の持ち主であり、遊女たちから愚痴や相談を受けることが多かった。

津笠は酒に酔っていたらしく、抱えていた思いをつい口にしてしまったのだろう。慌てたように、忘れておくんなまし、と言って去っていったという。権三はよくある痴話喧嘩の類だと思い、瑠璃と津笠の仲も承知していたため、誰にも話さずにいた。

「初め、賭けの対象はお前だったんだ。吉原一と評される妓を初会で落とせば箔がつく。でもさすがに難しいと思ったからこそ、佐一郎は津笠を選んだんだ」

「何だよ、それ……」

佐一郎の目がつぶされていたのは、他の女を見てほしくないという津笠の心情の表れだった。津笠の心には、いつしか瑠璃への嫉妬と猜疑心《さいぎしん》が生まれていたのだ。それを一人、溜めこんでいた。

瑠璃は動揺を隠せなかった。

「津笠とお前が戦った時に浮かんでいた結界は、私が仕込んだものだ。津笠が失踪して思うところがあったから、万一に備えてお前の白無垢に手を入れておいたのさ。籠目の紋には邪を祓う力がある」

お喜久は瑠璃の様子を見つつ、話を戻した。

「祝言の日取りも決まってしまえば、佐一郎にとって津笠は厄介な存在でしかない。事の次第を話して切れ状を渡そうとしたが、津笠は受け取らなかった。連日登楼して金を積んでみても、津笠は頑として首を縦に振らない……元々そういう気質の男だったんだろう。佐一郎はとうとう自棄《やけ》を起こして、津笠を絞め殺しちまったのさ」

瑠璃の顔がこわばった。手が自然と首に触れる。

津笠に見せられたのは、幻ではなかった。佐一郎に殺された津笠が、死の間際に見た最期の記憶だったのだ。

「死骸は、贔屓にしていた幇間と芸者に金を握らせ、柳行李《やなぎごうり》に体中の骨をへし折って押しこめさせた。ご丁寧に、空の行李とまわし芸用の壺、三味線箱を持ってくるよう、文にしたためてね。そうして何食わぬ顔で見世を出た」

いわく、佐一郎が変死したことを知った幇間が泣きながら面番所に飛びこんできて、すべてを白状したそうだ。

死骸を担いでふらついてしまえば、見世の者に怪しまれる。そのため佐一郎たちは、裸にした津笠の血抜きをして壺に入れ、髪を削ぎ落として三味線箱に詰め、手わけして持ち出した。吉原から出た後、三人は人気《ひとけ》のない山奥で死骸をバラバラに刻み、埋めたのだった。

帮間は津笠さんの祟《たた》りだ、自分も殺される、とおびえきっていた。

黒羽屋の若い衆が言われた山奥を探したところ、原形も留めず無残にばらされた津笠の死骸が発見された。

瑠璃は狼狽し、吐き気を催した。怒りと哀しみがこみ上げてくるも、言葉にならない。動悸が激しくなり、目に映るすべてのものが、緩やかに湾曲していった。

七歳から吉原に閉じこめられていた津笠にとって、佐一郎は救いの光だった。

心から愛し、愛されていると信じて、その気持ちを胸に抱くように大切にしていた。それを当の本人に目の前で破り捨てられた津笠の心境は、どれほどのものだっただろうか。切れ状を差し出されても譲らず、挙げ句、愛する男に手をかけられた津笠の胸の内は、いかばかりであっただろう。瑠璃には計り知ることなど、到底できなかった。

「津笠は、黒雲のことを知っていたんだろう」

お喜久が問いかける。瑠璃は口を閉ざしていた。

「秘密を洩らしたからと、今さらお前を責めるつもりはない。ということは、津笠は妖も見えていたんじゃないかい。それだけの素質を持っていたのか、それとも……」

——前を向いたまんま、全然おいらに気づいてくれなかったんだ。

ふと、瑠璃は長助の言葉を思い出した。

津笠は、佐一郎の心が離れていくのを痛いくらいに感じていた。健気な気持ちを、まるで嘲るように遠のいていく佐一郎の姿を見て、ゆっくりと心が壊れていった。対して瑠璃はあらゆる男の心を奪い、佐一郎までをも魅了しているのに、それ自体には大した関心も持たずにいた。錠吉たちや妖たちに囲まれ、大事にされ、安穏とした日々を当然とばかりに過ごしていた。

そんな瑠璃と一緒にいる時こそ、津笠は真の孤独を感じざるをえなかった。佐一郎の話題を出された時などなおさらだったはずだ。

瑠璃に非はないと内心ではわかっていても、哀しみと焦燥が染みこんだ津笠の心の遣り場は、誰かを妬み、憎むことをおいて他になかった。心根のまっすぐな津笠だからこそ、脆《もろ》さと危うさも表裏一体に存在していた。そうして袖引き小僧が見えなくなるほどに、心が澱んでしまったのだろう。

鏡越しに見た津笠の顔。わずかな間だったが、それは憎しみに蝕まれた顔だった。

――あの時、どうして気づかなかったんだ。いや……。

瑠璃は褞袍の襟を掻きあわせ、ぐっと握りしめた。

息が荒くなっていく瑠璃を、栄二郎が気遣わしげにのぞきこむ。錠吉も権三も、伏し目がちに瑠璃の様子をうかがっている。

「おいらのせいなんだ、おいらが……」

消え入りそうな声がして、瑠璃は豊二郎に目を向けた。豊二郎の顔は青くなり、膝の上に作った握り拳が震えている。

錠吉が、二の句が継げないでいる豊二郎の背にそっと手を添えた。

お喜久は豊二郎を見てから、再び瑠璃に視線を戻した。

「豊二郎は白無垢道中の前日に、佐一郎を見張っていた。夜中、津笠が鬼となって現れて、佐一郎を呪い殺すのをたまたま見ちまったのさ。豊二郎もそういう力が生まれつき強いからね、そのまま取りこまれてしまったんだ……普通ならそんなことはありえないんだが、妖を見るだけの力を津笠が持ってたなら、納得だ」

瑠璃は震える豊二郎を哀しげに見つめた。

津笠の角や気配が初めのうちは隠れていたのも、力が圧倒的だったのも、恨みの力に加えて豊二郎を取りこんでいたからだったのかもしれない。

「お前が何か悔やむ必要なんてないよ。津笠を殺したのはわっちだ。自分の中に尋常でない力があるのはわかっていたが、わっちがあんな化け物じみた力を持ってたばかりに、津笠にもお前にも辛い思いをさせちまった」

視線を布団の上に転じ、小さく言った。

瑠璃の沈んだ瞳を見て、男たちは何と声をかければよいかわからず、一様に押し黙った。

部屋には重い空気が立ちこめた。しゅんしゅんと、湯の沸く音だけが鳴っている。

「炎。お前、何か知ってるんだろ。わっちのこの力が何なのか……違うか？」

瑠璃の発言を受けて、一同の視線は一斉に炎に集まった。

しばらく置いて、炎は静かに口を開いた。

「ああ、知っておる。どうしてお前のような女子が、そんな力を持っているのか。お前が失っている、幼い頃の記憶もな」

瑠璃はともに暮らしてきたさび柄の猫を、言葉なく見つめた。

物心ついた時から、自分が普通の女子とは根本から違うこと、炎が何かを知っているのではないかということも、予感はしていた。今まで聞こうとしなかったのは、勇気がなかったからである。

聞いてしまえば、これまでの暮らしに戻れなくなるのではないか。自分という存在が、大きく覆されてしまうのではないか。

漠然とした不安が、尋ねることを阻んでいたのだった。

炎も、どこか逡巡しているようだった。

「話す必要もなかろうと、話す機会がなければその方がよいと思っておった……が、それも限界のようじゃ。お前には図らずも、儂の変化《へんげ》を見せてしもうたしの」

嘆息し、わずかにかぶりを振る。

「昔。途轍《とてつ》もなく昔の話じゃ。この世には、三体の龍神がおった」

やがて炎は、訥々《とつとつ》と語りだした。

「三つの龍は時を同じくして生まれ、互いに均衡を保っておった。しかしこの中の一体がまこと、邪悪で強大な力を持っていてな。天変地異をもって山を、里を荒らし、破壊の限りを尽くしておった。数えきれない命が奪われ、この世は混乱を極めた」

一同は固唾《かたず》を呑んで、炎の話に耳を傾けた。

「太古の昔から、他の二体は邪悪な龍と戦っておった。しかしそのうちの一体、廻炎《かいえん》は戦いの中で力を奪われ、そして人に救われた。力を失った龍は若い雌猫の死体に魂を移し、人に邪龍を鎮めるための知恵を授けた」

「それが……炎なの？」

栄二郎が聞く。

炎は静かに瞬きをしてみせた。

「一人の男が立ち上がり、生き残っていた龍神、蒼流とともに、悪道に走った龍に立ち向かった。蒼流は激しい戦いに力尽き、消滅した。男は自ら鍛えた黒刀に、戦いで弱まった邪龍を封印した。それがお前の持つ妖刀、飛雷じゃ。飛雷とはそもそも龍神の名。そしてそれを封印したのは、お前の遠い先祖なんじゃよ」

瑠璃は目を瞠った。またも頭が混乱し始めていたが、黙って話を聞くより他になかった。

「男はとある刀工《とうこう》一族の長《おさ》じゃった。一族はその後隠れ里にひっそりと暮らし、飛雷の封印を代々守ってきた。長い時を経て、一族に女の赤子が生まれた……赤子の魂は、消滅したはずの蒼流のものじゃった」

猫の目が瑠璃を見つめる。

「女子が五つになった時。里から、女子の姿が消えた。妖刀もなくなっていた。やがて、女子は妖刀とともに大川で見つかることになる。心の臓に、飛雷の力を半分宿してな」

今や部屋の中は完全に静まり返っている。炎の声だけが、厳かな響きを持って聞こえてくるようだった。

「飛雷が妖刀と花魁の体内で、半分ずつになったということか。でも、なぜそんなことに」

「一族は……生みのご両親は、どうしているんだ」

静寂を破り、錠吉と権三が口々に問う。

炎は過去を辿るように目をつむった。

「……いずれ、わかる時が来るじゃろう。瑠璃が記憶を取り戻せばな。今はまだ時機でない」

言うと、瞳を改めて瑠璃に向ける。

「その胸にある傷は、飛雷がつけたものじゃ。三点の痣は封印の証。痣が広がるほどに飛雷の力を手にすることができるが、今回のことを思えば、危険なのは説明するまでもないじゃろう」

瑠璃は閉口し、ひたすら呆然としていた。

自分の生い立ちを聞かされているはずなのに、どこか他人事のような心持ちがしていた。唐突に途方もない話を聞かされたところで、受け止めることなどできるはずもなかった。

目には混乱と、恐怖が入りまじっていた。

「じゃあ」

ぼそりと、うめくように言う。唇がわななく。声は、言葉を紡ぐことを臆している

かのようだった。

「じゃあわっちは、その蒼流って龍の、生まれ変わりなのか？」

何も知らずに生きてきた自分がそら恐ろしくなった。すがるような目で炎を見る。

違うと、言ってほしかった。

「……ああ」

炎は低い声で答えた。

「お前が生まれてきた時は、儂も大層驚いた。龍神の転生が人の女子であるなど、思いもしなかったからな。じゃが、お前の持つ気も魂も、やはり儂の兄弟分のもので間違いない。お前は蒼流の宿世《しゅくせ》。さらに心の臓には、飛雷が半分封じられている」

恐れていた答えに、瑠璃は胸がふさがっていくのを感じた。瞳が絶望したように、光を失っていく。

「瑠璃。お前が鬼の存在に魅入られているのはわかっておる。それはお前自身の心な

のか、それともお前の中の龍がそうさせているのか、はっきりとは言えぬが……」

しばしの間口をつぐんでから、炎は告げた。

「あの時、お前の心は津笠が放つ闇に大きく傾いだ。だから飛雷の封印が弱まり、力が暴れだしたのじゃ。鬼が抱える闇に浸り、寄り添うのはよい。それはお前にしかできぬことかもしれん。じゃが、呑まれるな。闇に呑まれれば、飛雷につけ入る隙を与え、お前という存在は消え失せてしまうであろう」

瑠璃は俯き、何かを握りしめるように、胸元に拳を当てた。長い漆黒の髪が、さらさらと掛布団に落ちる。美しい顔はおののき、苦悶の色に覆われていた。

「わっちが……斬ってしまったんだ、津笠を……」

龍神の力など持っていなければ、こんな思いをせずに済んだのだろうか。鬼退治という使命さえなければ。

――ふざけるな。そもそも津笠が鬼になったのは、わっちのせいでもあるだろう。

津笠が鬼となった怨恨の中には、少なからず瑠璃の存在が絡んでいた。そのことから目を背けようとした自分自身に、失望した。

津笠はもうこの世にいない。ともに笑うことも、励ましあうことも、二度とできないのだ。揺るがぬ事実が、瑠璃の心を地の底まで叩き落とす。

「わっちがいなかったら、津笠の運命は変わっていたのかな」

誰も、何も言わなかった。言葉を発すること自体が躊躇われているようだった。

部屋は長く、暗い静寂に閉ざされていった。

## 十三

酒宴を盛り上げる賑々しい音が、霜月も終わりの冷たい空気に響く。

開け放たれた窓辺に座り、瑠璃はすっかり冷えた風を頰に感じていた。眼差しは不夜城の灯りを、どこを見るでもなくぼんやりと眺めている。膝に置いた能面を手持無沙汰のようになぞる。どこに行ったのか、部屋に炎の姿はなかった。

目覚めてから十日後、瑠璃は見世に復帰した。それまでの間は、急な病に罹《かか》って養生をしていたことになっていた。

あの夜起こったことは黒雲の関係者以外、誰も覚えていなかった。荒らされた仲之町は野分によるものと思われており、誰もが嵐によって白無垢道中が中止になったことを残念がっていた。

〝花魁の鬼退治〟と大騒ぎされることを覚悟していた瑠璃は、何事もなくいつもの羨望の目で復帰を祝う吉原の人々、旦那衆の様子に、ひどく拍子抜けした。

どうやら、その辺りはお喜久が手を加えた籠目紋の効果のようだった。あれだけの観衆の記憶をそっくり消し去ってしまう力について、お喜久は詳しく語ろうとしない。双子に結界を伝授する以上の力があることは想像に難くなかったが、瑠璃は深まるばかりのお内儀の謎に、改めて不気味さを禁じえなかった。

無事に復帰できたものの、瑠璃の心は寂寥《せきりょう》と混沌の渦に囚われたままであった。鬼になってしまった津笠。己の出生の秘密。

仕事に身が入るわけもなく、瑠璃は頻繁に身揚がりを繰り返していた。お勢以は見るからに不満そうだったが、何も言ってはこなかった。

部屋の行灯もつけず、瑠璃は外の灯りを虚ろに眺める。

心は打ちひしがれ、空っぽだった。何も考えられない。考えたくない。眠気も食欲も何もなかった。窓辺にもたれかかる瑠璃のまわりには煙草盆、空の銚子や猪口が散乱している。大好きな煙草や酒に逃げても、胸の内にある忸怩《じくじ》たる思いや苦しみは消えてくれなかった。様々な感情が湧き出ては消え、瑠璃の心を摩耗させていた。時折、津波のように猛烈な勢いで悲しみが押し寄せてきても、涙の一滴すら出てこなかった。

食べずとも、寝ずとも、瑠璃の体はやつれることなく、輝かしい美貌を保っている。便利だと思っていた己の治癒力すら、今となっては煩わしかった。

瑠璃は中身を失った美しい生き人形であるかのごとく、虚空を見つめていた。

「花魁、入りますよ」

声を聞いて、だらしなく窓辺に寄りかかった身を起こす。

「……あい」

襖が開いて、蝶脚膳を持った豊二郎が入ってきた。

荒れ放題の部屋を見て豊二郎は一瞬動きを止めたが、意を決したように瑠璃に向かってきた。煙草盆を脇へどかし、どん、と膳を置く。

「ほら、食えよ。晩飯まだなんだろ」

膳を瑠璃の方へ押しやる。山芋を鰻の蒲焼《かばやき》に見立てた、せたやき芋が大皿に載っていた。

盛りつけを見た瑠璃は首を傾げた。

「権さんが作ったのじゃないね」

豊二郎はぎくっとした表情で、早口に言った。

「ご、権さんに教わっておいらが作ったんだよっ。大食らいのくせに、ここんところくに食ってないって聞いたから、好きなモンなら食うかと思ってっ」

目をきょどきょどさせて顔を赤らめる。

瑠璃は驚いたように豊二郎を見ていた。やがて目を細め、小さく笑う。

「な、何だよっ」

豊二郎はむきになった。それを尻目に瑠璃はそっと箸を持つと、せたやき芋を一つ口に運んだ。

「うーん、ちと味が濃いねえ。盛りつけも何か雑だし」

口を動かしながら言う。

「なっ、せっかく作ったのに。もういいよ、まずいならさげ……」

「うまいよ」

瑠璃はにっと笑って、箸を動かし続けた。片や豊二郎は言葉を詰まらせて、そのうち畳に腰を下ろした。

部屋には束の間、沈黙がおりた。

「なあ」

「んー？」

箸を進めながら、瑠璃は曖昧に返事をする。

「黒雲、やめるつもりなんだろ」

急な問いかけに、大口を開けたまま動きを止めた。

豊二郎は俯き、膳をじっと見つめている。

瑠璃は小さくため息をつくと、箸を置いた。

「色々あったし、色々聞かされた。もう、無理だろうね」

答えを聞いても、豊二郎は黙って身じろぎもしなかった。

「鬼退治とかいって、それらしく善行みたいにされてるけどさ。生まれながらにして深い業《ごう》を持っていると聞かされちゃ、祓われるべきはわっちの方なんじゃないかと思うよね」

力なく乾いた笑い声を上げる。

「どうして人と違う力が備わってるのか、ずっと不思議に思ってた。でも当然だ、わっち自身が化け物みたいなモンなんだから、そりゃあ強いはずさね」

炎の話を聞いた後も、幼い頃の記憶はやはり戻ってこなかった。生みの親の顔すら、思い出すことができずにいた。

「お天道《てんと》様も支配して、山里を壊滅させるくらいの力なんて、想像できっこないけどさ。そんな底の知れない、得体の知れないモンが自分の中にあるなんて……」

飛雷の力がいつまた暴走するかもわからない。自分のせいで、いつか、誰かを傷つけるかもしれない。それが怖くて仕方なかった。

しばし黙してから、瑠璃はまた口を開いた。

「なあ、豊。お前の言ったとおり、わっちは鬼を見るとどうしようもなく心が昂《たかぶ》るんだ。わかっていても、自分じゃあどうにも抑えられない。鬼と戦うことを、痛めつけることを、楽しんでるんだと思う。そんな自分に嫌気が差したのさ」

豊二郎は石のように動かないままだ。

「津笠のね、墓を作ったんだ。あいつは田舎の家族とはとっくに縁が切れてたし、身寄りがなかったから。今戸に慈鏡寺っていう寺があって、今はそこで眠ってるよ。小さい頃から吉原の囲いに縛られて、ついぞ娑婆の光を浴びられなかった。本来なら生きているうちに、大門から出たかったろうにね」

瑠璃は心情の吐露が止まらなかった。

「本当は、津笠の変化に気づいてたんだ。でも、自分の中で都合よく否定して、見て見ぬ振りをした。それどころか権さんの話を聞いて、文句の一つでも言ってくれりゃよかったのに、なんてことを思っちまった。ほんと、わっちは鬼よりよっぽど質が悪い、無神経なクズ女さね」

一匹狼だった瑠璃を見捨てず、寄り添い、友になってくれた津笠。話を聞いてやるだけでも、何か変わっていたかもしれない。助けられたかもしれない。大切にしようと心に決めていたのに、変化の兆候を見ても何もしなかった自分が、どうしても許せなかった。

瑠璃は嘆息を一つして、独り言のように続けた。

「津笠はわっちと一緒にいて、どんなにか辛かったろう。どんなにか厭《いと》わしかったろうね。鬼になったとはいえ、津笠を、この手にかけちまった。生きてる時も、鬼になってからも再三苦しめちまった。悔いが、消えてくれないんだ。今さらああすればよかった、なんて思ったって詮ないことなのに、自分の馬鹿さ加減に……」

こみ上げてくるものを感じて、語尾を細める。目を閉じそっと、息を吸いこむ。

再び笑顔を作って、豊二郎に向きなおった。

「悪いが一抜けさせてもらうよ。お内儀さんは許しちゃくれないだろうけど、でも、もうできない。あんな思いは二度と、したくないんだ」

豊二郎は相変わらず沈黙していたが、微かに震えていた。

瑠璃はさすがに不安になり、俯いた顔をのぞきこんだ。

「豊？」

豊二郎は灯りのない部屋の中で、ぼろぼろと涙を流していた。下唇を噛みしめ、いつもの仏頂面を崩して、大粒の涙をこぼしている。膝の上に置いた手は、爪が食いこまんばかりに力がこめられていた。

瑠璃は突然のことに動転した。

「お、おい豊。何事だい一体」

豊二郎は、泣きながら顔を上げた。

鋭い目つきのまま涙を流し続ける豊二郎を、瑠璃は言葉なく見つめ返す。

「瑠璃はっ」

不意に大声を出したので、瑠璃は少しだけ飛び上がった。

豊二郎はひいっく、と大きくしゃくりあげる。言葉にして出したくても、涙がなかなかそうさせてくれないようだ。

「瑠璃は……あの時、楢紅の目を使えたはずなのに、使わないでいてくれたっ」

怒るように叫ぶ豊二郎の言葉に、瑠璃は胸を突かれた。

「津笠さんを苦しめたくなかったからだろ。おいらが津笠さんの中に取りこまれてたからだろ。おいらが、助けてなんて、言ったから」

瑠璃は沈痛な表情を浮かべた。

確かにあの時、瑠璃は無意識に出した楢紅を、津笠を祓うためには使わなかった。

実際のところ、豊二郎が津笠に取りこまれているとわかったのは楢紅を戻した直後であったが、どちらにせよ楢紅の目は使わなかったであろう。

使ってはならないと、どこかで感じていた。

「おいらはっ」

豊二郎は上ずった声で再び叫んだ。

「おいらは、鬼から生まれた。だからおいらも鬼なんじゃないかって……今はそうじゃなくても、いつか鬼になるんじゃないかって」

抑えきれずに、嗚咽《おえつ》を漏らす。

思いの丈を吐き出す豊二郎を、瑠璃は黙って見守った。

「鬼と戦うのが、いつも辛かった。自分の母ちゃんも鬼だったって、知ってるから」

瑠璃は、豊二郎の言わんとしていることを理解していた。

豊二郎は鬼と対峙するたびに、不安や恐怖、同情、複雑な気持ちを胸に抱えていたのだ。

「津笠さんが佐一郎を呪い殺すのを見ちまった時、怖くて仕方なかった。でも、その姿を見て、何だか自分と一緒だって、思ったんだ」

　豊二郎は鬼退治を造作もなくやってのける瑠璃に素直になれず、嫌悪すらしていた。その心と、津笠の瑠璃への憎しみの心が共鳴したのだった。

「お前、津笠のことが好きだったんだろ」

　瑠璃は静かに問いかけた。

　途端、豊二郎の目が大きく見開かれた。頬がうっすら赤くなる。

「廓育ちのお前ならわかるだろ、遊女にとっちゃ惚れた腫れたを見抜くのは仕事みたいなモンさ。お前はいつも不機嫌な顔してるくせに、津笠の前ではそうじゃなかったしね。それに、前言ってたろう。津笠の部屋でわっちと津笠が話すのが聞こえたって。廓の襖は薄いけど、中で何を話してるかは、耳をそばだてないと聞こえない。それで何となく、な」

　豊二郎は津笠に淡い恋心を抱いていた。だからこそ、弟の栄二郎が瑠璃の部屋に平気で入り浸っているのを、強く怒鳴りつけたのだ。

「津笠に取りこまれたのは、もしかしたらそこんとこも関係してたのかもな」

　柔和な眼差しを受けた童子は、耳まで赤くして俯いた。自分の気持ちを悟られていた驚きからか、涙は少し止まっていた。

　しばらくして顔を上げた豊二郎の瞳は、先刻とは異なる強い光を帯びていた。

「おいら、津笠さんに取りこまれた時、瑠璃と戦ってる時に、感じてたんだ。津笠さんの思念が直接、流れこんでくるみたいだった」

「……うん」

「津笠さんは、確かに瑠璃を呪い殺そうとしてた。嫉妬と恨みの感情が、すごく強かった」

瑠璃は寂しそうに豊二郎を見つめる。

「でも、佐一郎を殺してから吉原に戻ったのは、瑠璃に会いたかったからなんだ」

意外な言葉に、胸が大きく鼓動した。

「瑠璃に、止めてほしかったからなんだ。鬼になって醜くなってしまった自分を悔やんで、哀しくて、瑠璃に救ってもらいたかった。津笠さんは最期まで、自分の中に生まれた怨念と闘ってたんだ」

豊二郎の強い眼差しが潤み、大粒の涙があふれ出た。

「おいらを、津笠さんを、助けてくれてありがとう、頭」

瑠璃の目から、意図せず涙がこぼれ落ちた。

その心の内では、津笠の最期を思い出していた。

目覚めてから、どうしても思い出せなかった津笠の最期。

鬼の形相が崩れ、元の美しい姿になった津笠は膝をつき、倒れている瑠璃の顔を白い手で包んだ。細い指で満身創痍《まんしんそうい》の頬を愛しげに撫で、瑠璃の額に自分の額をあわせる。津笠の顔にあったのは、温かく、優しい微笑みだった。

そして目を閉じ、瑠璃だけに聞こえる声で言ったのだ。

――お前さんに会えて本当によかった。瑠璃、ありがとう。

瑠璃は涙が止まらなかった。

薄く開いた襖の向こうでは、三人と一匹が瑠璃たちの様子を見守っていた。栄二郎は泣いていた。権三がそれを優しくなだめ、錠吉は安堵したようにため息をつく。炎は、穏やかな笑みを浮かべていた。

清搔の音と宴に酔う声が満ちる中、吉原の夜はゆっくりと更けていった。

# 終

淡い雪が仲之町の行灯に照らされて、うっすら赤く染まる。

津笠は風邪をこじらせて亡くなったことにされていた。あのような出来事があっても、売れっ妓の遊女が一人いなくなっても、吉原は普段どおりの賑わいを見せ、人々が楽しそうに宴に興じ、笑い声を上げている。

黒羽屋のまわりはといえば、相変わらず花魁の道中を心待ちにしている者であふれ返っていた。

「本当にその格好で道中するつもりなのかい」

幸兵衛は険しい顔で瑠璃に問いかけた。

「あたしも散々およしって言ったんですけど、聞かなくってねえ」

お勢以は、困ったモンだ、とため息をつきながらもせっせと道中の支度を手伝っている。

真珠のように輝く肌に紅を差した瑠璃は、長い睫毛をそっと落とした。

「わっちなりの、供養でござんす」

静かに、しかし決然とした口調で告げた。

幸兵衛は不服そうだったが、確固たる意志を持った表情を見て、それ以上は何も言わなかった。

「花魁、お客がお待ちかねです」

錠吉が声をかける。

瑠璃は目を閉じ、息を吸いこんだ。細く長く吐き出し、すっとまぶたを開く。

その双眸《そうぼう》には、強い覚悟が宿っていた。

「行きんしょう」

黒羽屋から出てくる影を捉えて、見世の前に鈴なりになっていた者たちが歓声を上げた。

が、箱提灯を持った若い衆が出てきてすぐ、歓声は一転ざわめきに変わった。

いつもなら黒羽屋の定紋が入っているはずの箱提灯に、「津笠」の文字が浮き上がっていたのだ。

錠吉が暖簾をくぐり、背後から瑠璃が見目麗しい姿を表に出す。ざわめきがさらに大きく広がった。

打ち出の小槌《こづち》に隠れ笠《かくれがさ》、火焔宝珠《かえんほうじゅ》、七宝《しっぽう》輪違いなど、様々な宝が色とりどりにあしらわれた、絢爛豪華な宝尽くしの仕掛。大輪の百合《ゆり》が咲き誇る前帯。

津笠が佐一郎に初めて贈ってもらい、派手すぎやしないかしら、と照れくさそうに瑠璃に見せていた一点物だった。簪も櫛も笄も、すべて津笠が大切にしていた遺品であった。


津笠の衣裳や小間物がすでに売り払われてしまっていたことに、瑠璃は激しく憤った。

いくら人気の三番として有名になり、見世の売り上げにどれだけ貢献しても、いなくなってしまえば遺ったものは無用の長物とされてしまう。吉原は華やかさを前面に出す一方、無情で、哀しい場所でもあった。

しかし、だからこそ、吉原には美と生が満ち、輝きを放つのだ。

瑠璃はそう思うようになっていた。そして、廓の不条理で冷徹な一面に抗うべく、自ら津笠のお気に入りだった一式を探し当て、買い戻したのだった。

津笠の衣裳で道中をすると内所で宣言した時、幸兵衛は猛反対し、普段は猫可愛がりしている瑠璃を怒鳴りつけた。

死人の衣裳を着て道中をするなぞ縁起が悪い、お前は花魁としての意気を損なうつもりか、とがなる幸兵衛を、瑠璃は鋭い目で真っ向から睨みつけた。

「意気だ張りだのと、そんな俗物はどうだっていい。それよりも大切なものを亡八《おやじ》さまはお忘れか。津笠は誰にでも優しくて、皆に愛されていた。苦界にいながら、腐らず、驕《おご》らず、心をこめて働いていた。死んだ者と切って捨てるのは簡単でありんしょう。けれど、わっちは絶対に津笠を忘れない。〝誠〟が存在しないといわれる吉原でも、津笠は人を信じる心を捨てなかった。真心を尽くすのが生業《なりわい》の大見世が聞いて呆れんす。遊女は客を悦ばせるためにある人形じゃない。誰もが心を持って、懸命に生きているんだ。黒羽屋は、津笠への恩義を果たさないのか」

隣の大広間にいた遊女たちは、瑠璃の叫ぶような訴えを神妙な面持ちで聞いていた。瑠璃の言葉に涙する者。津笠を悼む声を上げる者。夕辻は、津笠の名を何度も口にしながら泣き崩れていた。汐音も目を閉じ、瑠璃の言葉に聞き入っていた。

雪の降る中、しんと静まり返った観衆を横目に、瑠璃は毅然とした面差しで外八文字を踏んだ。瞳は三歩先を見つめ、艶を含んだ睫毛が揺れる。肩を貸す錠吉も、いつもの凛々しい表情で前だけを向いていた。

カラコロロ、と高下駄の音だけが、通りにこだまする。

すると、道の端から天晴《あっぱれ》、という掛け声が一つ上がった。それにつられるように、花魁、津笠、と威勢のよい声があちらこちらから上がる。次第にそれらは賛辞の歓声へと変わり、道中をする一行を包みこんだ。

背後から差しかけられる黒塗りの長柄傘に、雪がしっとりと染みこむ。瑠璃は口元を微かに緩ませた。白い脚をあらわにして円を描きながら、涼やかな瞳をつっと横にそらす。瑠璃お得意の流し目を受けて、観衆はさらに沸き立った。

色香漂う笑みを浮かべながら、瑠璃はふと、観衆の頭上に何かが漂っているのを目に留めた。

それは、一匹の蝶であった。

季節外れの蝶が、美しい翅《はね》をはばたかせ、道中に寄り添っている。

瑠璃は歩みを止めて、その蝶に見入った。不思議に思った錠吉が、小さな声で花魁、と呼びかける。

蝶はゆっくりと瑠璃に近づいてくる。いつしか観衆も、小さな蝶に見惚れていた。

瑠璃は慈しむように微笑んで、手を伸ばす。

すぐそばまで寄ってきた蝶が、瑠璃の指先にとまる。名残を惜しむかのように翅を揺らす。

やがて蝶は、上空に舞い上がった。

ひらひらと、どこまでも遠く、美しく。蝶の姿は、淡い雪の中へと溶けていった。

# 解説

縄田一男（文芸評論家）

一篇の小説が書籍化されて世に出るまでには、それが新人賞であれば、より、さまざまなドラマが介在するものだ。

第十三回小説現代長編新人賞奨励賞を受賞した『Cocoon』の場合は、尚更としかいいようがない。一言でいえば、この一篇は〝掟破り〟の作品であったからだ。このことは、選評においても、何人かの選者が述べているが、

朝井まかていわく「梗概には『シリーズものとして構成してあるので、本作では謎なままの部分も今後明らかにしていきます』とあるが、やはり情報の提示が遅すぎるし、出し惜しみをせずに書いてもどんどん展開していける作品が結果としてシリーズものになる」。

同様の指摘は、石田衣良、角田光代、花村萬月にもあり、その中で最も愛情にあふれていたのは花村萬月の「受賞作が決定して、そのまますするとお開きになりそう

だったので、私があわててこの作品を奨励賞に推して書籍化することを提案しました。夏原さんはこの一作だけで消えずに、しっかりシリーズとして書き続けることを約束して下さい」であったろうと思われる。

普通、シリーズの一巻目ですなどと蛮勇をふるって応募された作品は、下読みの段階で落とされるものだが、よほど具眼の士がいたと見える。だが、これは選考委員たちも同様で、皆、前述の本書がシリーズものの一巻目であることに難色を示しつつ、その一方で物語の魅力に抗し難かったらしく、「物語が動き始める後半は主人公がとても魅力的になるので、夏原さんは書けば書くほど腕が上がる人ではないか」（朝井まかて）。「前半は勉強した吉原の細部を書きこみ過ぎだが、後半になってキャラクター小説の上手さが際立ってくる」（石田衣良）。「主人公、瑠璃のキャラクター、周囲の登場人物の設定、鬼、妖怪の扱い、遊廓の精緻な表現、文章力も新人賞としては及第点であった」（伊集院静）。「小説の世界がきっちりと作られていて、個性もあり、妖たちは魅力的だ」（角田光代）。——これに前述の花村萬月の愛情あふれる選評を加えると、この〝掟破り〟の作品に対して選考委員たちがどれだけ期待したかが了解されよう。

そして、『Cocoon』は、『Cocoon　修羅の目覚め』として二〇一九年八月五日、講談社から刊行され、発売即重版、第五巻まで順次刊行が決定され、いま本書の解説を書いている二〇二〇年六月現在、第四巻までが書店に並んでいることになる。何という幸運であろうか。近年、これほどの〝掟破り〟が成功した例を私は知らない。

夏原エキジは〝受賞の言葉〟の中で、

三次の発表から受賞までは、今まで経験したことの無い程の緊張と高揚感で、かなり情緒不安定になっていました。ある日それがピークに達して、真夜中に発狂し、奇声を上げながら愛猫のお腹に頭を押し付け、阿波踊りを踊ったのも今では良い思い出です。あの時の猫の冷たい視線は一生忘れないでしょう。

と記しているが、『Cocoon』連続刊行に関しては、本来、起こらざることが起こったのだから、多少の発狂は我慢しなければなるまい。それにこうした伝奇小説の場合、書き手に何らかのものぐるいがあった方が作品が盛り上がることは、古今の名作が証明しているではないか。

ここで余談となるが、私と『Cocoon』の出会いについて、少々記しておきたい。

私は昨年から、講談社のYouTubeチャンネル〝ＢｕｎｄａｎＴＶ〟で「もののふ書評」と題する書評番組を任されているが、その担当の編集者Ｏ氏が「欺されたと思って読んで下さい」と持ってきたのが本書『Cocoon 修羅の目覚め』であった。表紙を見るなり、嫌な予感がした。「ライトノベルではないのか」――そう思った。私は、現在刊行されている歴史・時代小説を網羅すべく単行本から文庫書き下ろし（少なくとも一巻目は）まで読もうと決意し、日々、寝不足の毎日を送っているが、その中で、読むたびに裏切られてきたのが時代小説の体《てい》をしたライトノベルであった。

が、本書を読みながら、私は自分の不明を恥じた。この一巻はライトノベルではない。これも売るため――ライトノベルの風を装った本格的伝奇小説ではないか。ページを繰りながら、私はかつて、自分を伝奇小説の世界に誘ってくれた国枝史郎や角田喜久雄の世界へ心は飛んでいた。本書の選評で、前半の吉原の描写は勉強して書いている、というものもあった。だが、私はむしろ、テーマは悪鬼との戦いであるから、そのくらい堅くないと物語＝虚構を思うさま展開する土台が揺らいでしまうのではあるまいかと思った。

虚構のヒーロー、ヒロインには、彼らが活躍するにふさわしい魔界が必要なのだ。私はページを繰りつつ、この作品に夢中になった。何しろこの作品は、単純に善玉悪玉というように登場人物を分けられるような作品ではない。吉原の大見世「黒羽屋」の花魁《おいらん》・瑠璃は、そうした表の顔とは別に裏の顔――江戸に跋扈《ばっこ》する〈鬼〉を退治する暗躍組織・黒雲の一員という顔を持っていたからだ。その手に握られるのは妖刀、飛雷。彼女はこの一刀をもってこの世に恨みを抱いて死んでいった〈鬼〉を退治することを任務としているのだが、己の持つ尋常ならざる力と〈鬼〉に対する嗜虐的な嗜好に悩まされることもしばしば。瑠璃の〈鬼退治〉の仲間には、錫杖《しゃくじょう》をつかう髪結い師・錠吉、料理番の大男・権三、結界をつくる豊二郎・栄二郎の兄弟らがおり、瑠璃を慕ってさまざまな妖が、彼女のもとに集まってくる。その中には、瑠璃の出生の秘密と、彼女と妖刀、飛雷の由来を知っている、人語を解す猫の炎がいる。そして総体をながめてみれば、殺す方にも殺される方にも、それなりの苦悩がある――これでは、まるで無間地獄ではないか。

さて、本書が文庫化される時点で『Cocoon』は第四巻まで発売されていると記したが、まだ一巻目までしか読んでいない読者のために、あまり読者の興をそがないように今後の展開を占っていく。ネタバレとなる箇所もあるので、気になる方はここで一度立ち止まってほしい。

第二巻『蠱惑《こわく》の焰《ほむら》』の帯の惹句には、〝突如、江戸に現れた新型の鬼。瑠璃たちは新しい試練に直面しようとしていた〟とあり、「この業火は、わっちが背負う」という彼女の台詞《セリフ》が記されている。続く第三巻『幽世の祈り』では、帯に日向坂46　宮田愛萌さんの推薦文があり、瑠璃を吉原に売った義理の兄は、「黒雲」と敵対する組織「鳩飼い」の一員だった。黒雲はなんのために存在しているのか。鬼退治の依頼人は誰なのか。義兄の目的はなんなのか。疑問が渦巻く中、瑠璃は「大切なものと、地獄で再会するよ」と予言される。

おっと、それからうっかり忘れそうになってしまったが、第一巻のラストに出てくる、瑠璃と妖刀の中に封じ込められていた邪龍が目を覚ます、というのは、まさかあれですか!?

こうして謎と抗争は、ますます激しさを増していくが、さらに第四巻『宿縁の大樹』の帯にはただならぬ文言が記されている。〝幕府を倒すために、差別制度を撤廃すると約束した朝廷。民の安定のため、倒す鬼を選別していた幕府〟——幕府と朝廷との確執。そしてその中心となる吉原。こうなると勘の良い読者はお気づきでしょう。第一巻の帯には、

『しゃばけ』の妖、
『十二国記』の陽子、
『陰陽師』のアクション
が好きなら、次はこれ！

とあるが、第四巻の幕府と朝廷を見れば、これらに隆慶一郎の、『吉原御免状』と『花と火の帝』を並べなければなるまい。

ここでもう一度、確認しておきたいのは、これまで書いてきたのは、私が第一巻を読了した際に、四巻目までを見渡して抱いた妄想である。妄想ではあるのだけれど、近年妄想だけで、伝奇小説ファンをここまで楽しませてくれた作品はそうないだろう。

そこで調子に乗った私は、もう一つの妄想を抱いてしまった。ここからもネタバレとなってしまうのでご注意いただきたいが、それは題名の『Cocoon』についてである。作者いわく、この題名は、ひとつには鬼を退治する暗躍組織〈黒雲〉にかけたものであり、いまひとつには、吉原という繭《まゆ》=文字通りCocoonを破って大活躍をする瑠璃を象徴したものであるという。

しかしながら、万が一、瑠璃と鬼たちの戦いが救済という方向に向かうのならば、ここに私は物語のニュアンスの違う、同名の〝Cocoon〟を思い出す。BS、CS映画チャンネル等でたまに放映しているので、その内容に触れることは避けるが、それは〝Cocoon〟(監督ロン・ハワード、主演ドン・アメチー、'85米)と〝Cocoon: The

Return”（監督ダニエル・ペトリ、主演ドン・アメチー、'88米）であり、日本でも「コクーン」「コクーン2　遙かなる地球」として公開された二部作である。

そしてこの二部作、実は日本でも、「アウターリミッツ」もしくは「ウルトラゾーン」としてTV放映された、「ミステリーゾーン」と並ぶアメリカSFTVドラマの金字塔とされるシリーズ屈指の名作「見知らぬ宇宙の相続人　前後篇（Inhertors）」を元ネタとしている。もし、これらの映像作品のようであるならば、瑠璃と鬼たちとの対決にも平和な決着がつくだろうが、いま、私の前には、続刊であり、かつ完結篇である第五巻のゲラが並んでいる。こちらはどうも物語が剣呑《けんのん》な方向に進んでいるようだ。何故はやく読まないかって？　そんなもったいない。これを読み終わったら、とたんに禁断症状に襲われるに決まっているからじゃないですか。

本書は、二〇一九年八月に小社より単行本として刊行されました。

|著者|夏原エヰジ　1991年千葉県生まれ。上智大学法学部卒業。石川県在住。2017年に第13回小説現代長編新人賞奨励賞を受賞した本作でいきなりシリーズ化が決定。その後、『Cocoon2-蠱惑の焔-』『Cocoon3-幽世の祈り-』『Cocoon4-宿縁の大樹-』『Cocoon5-瑠璃の浄土-』と刊行し、シリーズ第1部完結。コミカライズもされている。シリーズ第2部が2022年5月から開始予定。

Cocoon《コクーン》　修羅《しゅら》の目覚《めざ》め

夏原《なつばら》エヰジ

2020年8月12日第1刷発行
2022年3月1日第2刷発行

発行者――鈴木章一
発行所――株式会社　講談社
東京都文京区音羽2-12-21　〒112-8001
電話　出版（03）5395-3510
　　　販売（03）5395-5817
　　　業務（03）5395-3615

Printed in Japan

講談社文庫
定価はカバーに
表示してあります

KODANSHA

デザイン―菊地信義
本文データ制作―講談社デジタル製作
印刷―――豊国印刷株式会社
製本―――株式会社国宝社



ISBN978-4-06-520627-0

# 講談社文庫刊行の辞

二十一世紀の到来を目睫に望みながら、われわれはいま、人類史上かつて例を見ない巨大な転換期をむかえようとしている。

世界も、日本も、激動の予兆に対する期待とおののきを内に蔵して、未知の時代に歩み入ろうとしている。このときにあたり、創業の人野間清治の「ナショナル・エデュケイター」への志を現代に甦らせようと意図して、われわれはここに古今の文芸作品はいうまでもなく、ひろく人文・社会・自然の諸科学から東西の名著を網羅する、新しい綜合文庫の発刊を決意した。

激動の転換期はまた断絶の時代である。われわれは戦後二十五年間の出版文化のありかたへの深い反省をこめて、この断絶の時代にあえて人間的な持続を求めようとする。いたずらに浮薄な商業主義のあだ花を追い求めることなく、長期にわたって良書に生命をあたえようとつとめるところにしか、今後の出版文化の真の繁栄はあり得ないと信じるからである。

同時にわれわれはこの綜合文庫の刊行を通じて、人文・社会・自然の諸科学が、結局人間の学にほかならないことを立証しようと願っている。かつて知識とは、「汝自身を知る」ことにつきていた。現代社会の瑣末な情報の氾濫のなかから、力強い知識の源泉を掘り起し、技術文明のただなかに、生きた人間の姿を復活させること。それこそわれわれの切なる希求である。

われわれは権威に盲従せず、俗流に媚びることなく、渾然一体となって日本の「草の根」をかたちづくる若く新しい世代の人々に、心をこめてこの新しい綜合文庫をおくり届けたい。それは知識の泉であるとともに感受性のふるさとであり、もっとも有機的に組織され、社会に開かれた万人のための大学をめざしている。大方の支援と協力を衷心より切望してやまない。

一九七一年七月

野間省一

夏原エキジ　Ｃｏｃｏｏｎ５〈瑠璃の浄土〉
長岡弘樹　夏の終わりの時間割
西村京太郎　華麗なる誘拐
西村京太郎　寝台特急「日本海」《メモリー・トレイン》殺人事件
西村京太郎　十津川警部　帰郷・会津若松
西村京太郎　特急「あずさ」《アリバイ・トレイン》殺人事件
西村京太郎　十津川警部の怒り
西村京太郎　宗谷本線殺人事件
西村京太郎　奥能登に吹く殺意の風
西村京太郎　特急「北斗1号」《スーサイド・トレイン》殺人事件
西村京太郎　十津川警部　湖北の幻想
西村京太郎　九州特急「ソニックにちりん」殺人事件
西村京太郎　東京・松島殺人ルート
西村京太郎　新装版　殺しの双曲線
西村京太郎　愛の伝説・釧路湿原
西村京太郎　山形新幹線「つばさ」殺人事件
西村京太郎　新装版　名探偵に乾杯
西村京太郎　十津川警部　君は、あのSLを見たか
西村京太郎　南伊豆殺人事件

西村京太郎　十津川警部　青い国から来た殺人者
西村京太郎　十津川警部　箱根バイパスの罠
西村京太郎　新装版　天使の傷痕
西村京太郎　新装版　D機関情報
西村京太郎　十津川警部　猫と死体はタンゴ鉄道に乗って
西村京太郎　韓国新幹線を追え
西村京太郎　北リアス線の天使
西村京太郎　十津川警部　長野新幹線の奇妙な犯罪
西村京太郎　上野駅殺人事件
西村京太郎　京都駅殺人事件
西村京太郎　沖縄から愛をこめて
西村京太郎　十津川警部「幻覚」
西村京太郎　函館駅殺人事件
西村京太郎　内房線の猫たち〈異説里見八犬伝〉
西村京太郎　東京駅殺人事件
西村京太郎　長崎駅《ナガサキ・レディ》殺人事件
西村京太郎　十津川警部　愛と絶望の台湾新幹線
西村京太郎　西鹿児島駅殺人事件
西村京太郎　札幌駅殺人事件

西村京太郎　十津川警部　山手線の恋人
西村京太郎　仙台駅殺人事件
西村京太郎　七人の証人〈新装版〉
西村京太郎　十津川警部　両国駅3番ホームの怪談
仁木悦子　猫は知っていた
新田次郎　新装版　聖職の碑《いしぶみ》
日本文芸家協会編　愛染夢灯籠〈時代小説傑作選〉
日本推理作家協会編　犯人たちの部屋〈ミステリー傑作選〉
日本推理作家協会編　隠された鍵〈ミステリー傑作選〉
日本推理作家協会編　Play《プレイ》推理遊戯〈ミステリー傑作選〉
日本推理作家協会編　Doubt《ダウト》きりのない疑惑〈ミステリー傑作選〉
日本推理作家協会編　Bluff《ブラフ》騙し合いの夜〈ミステリー傑作選〉
日本推理作家協会編　Propose《プロポーズ》告白は突然に〈ミステリー傑作選〉
日本推理作家協会編　Acrobatic《アクロバティック》物語の曲芸師たち〈ミステリー傑作選〉
日本推理作家協会編　ベスト8ミステリーズ2015
日本推理作家協会編　ベスト6ミステリーズ2016
日本推理作家協会編　ベスト8ミステリーズ2017
二階堂黎人　ラン迷宮〈二階堂蘭子探偵集〉
二階堂黎人　増加博士の事件簿

2021年12月15日現在